Elke Wedig

AMANECER

DIE GEBURT
EINES NEUEN
MORGENS

Wie mein Pferd und eine finnische
Schamanin mir den Weg zeigten

© 2024 Elke Wedig · elke-wedig.de

Verlag: spiritbooks · spiritbooks.de · Mansfield Height Lot 73, Ocho Rios, Jamaica

Lektorat: BÜCHERMACHEREI · Ursula Hahnenberg · buechermacherei.de

Satz u. Layout/E-Book: BÜCHERMACHEREI · Gabi Schmid · buechermacherei.de

Covergestaltung: OOOGRAFIK · ooografik.de

Bildnachweise: #355869810, #253021780, #355869810, #194369403 | Adobe Stock; #535261677 | iStock

Kohlezeichnungen: Elisabeth Bernlöhr

Foto Autorin: Thomas Koschke

Druck und Distribution im Auftrag des Verlags: tredition GmbH, Heinz-Beusen-Stieg 5, 22926 Ahrensburg

ISBN Softcover: 978-3-946435-21-1

ISBN Hardcover: 978-3-946435-25-9

ISBN E-Book: 978-3-946435-22-8

Für die Menschen und Pferde, die mein Leben geprägt und verändert haben, allen voran mein Herzenspferd Amanecer, der so klug und einfühlsam und immer für mich da ist.

Und für Aulikki, die immer in meinem Herzen sein wird und die mir wie niemand sonst gezeigt hat, dass es so viel mehr Dinge zwischen Himmel und Erde gibt, als ich mir jemals hätte vorstellen können.

Und an die Liebe, denn, wenn man Hermann Hesse glaubt, erhält das Leben einzig durch die Liebe einen Sinn. Das heißt, so Hesse: „Je mehr wir zu lieben und uns hinzugeben fähig sind, desto sinnvoller wird unser Leben."

VORWORT

Ich hatte eigentlich gar nicht geplant, noch ein Buch zu schreiben.

Angefangen hat alles damit, dass mir meine Freundin Ulrike Dietmann von einer ihrer neuen Aktivitäten erzählte: ein Autorenretreat auf Jamaika. Ulrike ist bekannt für jede Menge unkonventioneller Ansätze und überschäumender Kreativität. In dieser Hinsicht sind wir Seelenschwestern.

Ich fand die Idee super. Trotzdem wehrte ich zunächst einmal lachend ab. Erstens hatte ich gerade mein erstes Buch veröffentlicht – das Angebot kam also ein bisschen zu spät für mich – und zweitens liegt Jamaika nun nicht gerade auf der Strecke.

Und dennoch! Die Idee ließ mich einfach nicht mehr los: „Ein kleines Hotel in einer abgelegenen Bucht am türkisblauen Meer. Du gehst aus der Türe und läufst direkt ins Meer. Es ist warm und du kannst endlos schwimmen. Die Lufttemperatur ist durchgehend 30 Grad. Du lernst Jamaika von innen heraus kennen."

So ähnlich lautete der Text auf ihrer Website. Außerdem schrieb sie, sie sei erst auf Jamaika richtig erfolgreich geworden mit ihrem Schreiben, seit sie ihr Leben zu einem Roman habe werden lassen: spannend, erfolgreich und authentisch.

All das triggerte mich total und so schrieb ich ihr eine WhatsApp: „Hallo Ulrike, ich überlege mir gerade ernsthaft, ob ich zu deinem Autorenretreat komme. Sonne, Strand und Ulrike klingt super in meinen Ohren."

Ihre Antwort war: „Du bist willkommen."

Also buchte ich einen Flug und nahm an meinem ersten Schreibkurs teil. Im Schreibkurs auf Jamaika ist der erste Teil meines Buches entstanden, der teilweise fiktiv ist, vor allem, der Teil, der in Finnland spielt und die Liebesgeschichte um Stevie. Geplant war ursprünglich ein Roman. Inspiriert hat mich zu der Schamanin Kanerva meine langjährige finnische Freundin Aulikki Plaami, die ein sehr bekanntes Tieftrance-Medium ist, und für die ich über dreißig Jahre lang auf Kongressen, in Gruppensitzungen und auf Konzerten in vielen verschiedenen Ländern übersetzt habe.

Die Geschichte, die meinen wunderschönen Falben Amanecer betrifft, ist wahr, genau wie die Erinnerung an die unglaublichen Erfahrungen, die ich in New Mexico im Jahr 1989 gemacht habe. Im Seminar „Sense of Success" hatte ich sieben Rückführungen, die mich tief berührt und mein Leben stark beeinflusst haben.

Ich hatte in Santa Fe außerdem die Chance eine Aura-Reading-Session und eine weitere Rückführung bei Lea Sanders, Chris Griscoms Lehrerin, zu machen. Damals konnte ich noch gar nicht so viel damit anfangen. Erst Jahre später erfuhr ich die Puzzlestücke, die ich 1989 noch nicht kannte, und ich verstand, wie genial und präzise Leas Reading gewesen war.

Durch das Schreibseminar mit Ulrike habe ich verstanden, dass man ganz oft im Leben Geduld braucht, und es öfter passiert, dass man Zusammenhänge und Hintergründe erst Jahre später erfährt.

Wenn sich die Mosaiksteinchen zusammenfügen, findet Transformation statt. Wenn man das Ganze sieht, versteht man die anderen, seien es nun Menschen oder Pferde. Für mich bedeutete das, dass ich erkannt habe, dass meine Probleme mit meinem Pferd auf persönliche Blockaden hindeuteten.

Das Schreiben, speziell das autobiographische Schreiben, bietet die Chance, sich selbst neutral von außen zu sehen und damit viel besser kennenzulernen. Es ist eine Chance, sich aus festgefahrenen Situationen zu befreien. Und, wie Ulrike sagte, ist Jamaika, ihre neue Heimat, eine Einladung „in die grenzenlose Freiheit, du selbst zu sein."

Die Magie des Schreibens – und das habe ich jetzt erst auf Jamaika erkannt – gibt uns die Möglichkeit, die Zwänge des Alltags hinter uns zu lassen und die Leere mit unseren Träumen zu füllen. Wenn wir unseren eigenen Gefühlen zu vertrauen lernen, beginnt ein neues Leben.

Und, wie Iris Berben bei der Verleihung des Jupiter Ehren Awards am 17. April 2024 sagte, „Heute haben auch Frauen über vierzig die Möglichkeit, Geschichten zu erzählen."

Und so will auch ich meine Geschichte erzählen.

Die Rückführungen in New Mexico, die Erlebnisse, die ich in der Natur und mit Tieren hatte, das Beobachten des Wassers und des Feuers haben einen Transformationsprozess ausgelöst, in dem ich ganz mit der Person aus der Rückführung, dem Wasser, dem Feuer oder dem Pferd verschmelzen konnte. Wovon wir träumen, kann so in Erfüllung gehen. Wir werden eins mit uns selbst, mehr und mehr Schöpfer unseres Lebens.

Traum und Wirklichkeit, Dichtung und Wahrheit. Nur, weil etwas Fiktion ist, muss es nicht unwahr sein.

Wenn wir die Wahrheit hinter der Fiktion erkennen, sind wir endlich frei.

KAPITEL 1

AMANECER, DAS IST DER NAME MEINES wunderschönen Pferdes, einem cremefarbenen Hispano-Lusitano mit schwarzer Mähne und schwarzen Beinen. Ich habe ihn vor drei Jahren in Sevilla gekauft und war vom ersten Moment an schockverliebt, obwohl er mit seinen sieben Jahren viel zu mager war, wenig Muskulatur und einen viel zu großen Kopf hatte. Er sollte mein neues Showpferd werden, ich konnte ihn von Anfang an als korrekt ausgebildetes Grandprix-Pferd vor meinem inneren Auge sehen.

Und jetzt, drei Jahre später, beginne ich, an meiner Urteilsfähigkeit zu zweifeln.

Amanecer bedeutet auf Spanisch *die Geburt des Morgens*. Die Geburt des neuen Morgens und das Ende meiner Weisheit. Ich habe alles versucht und ich kann sagen, dass ich wirklich eine enorm große Trickkiste und viel Erfahrung in der Ausbildung von Pferden habe, aber nichts, was ich kann und weiß, zählt. Die unendliche Geduld und Liebe, die ich ihm entgegenbringe, bedeutet ihm nichts!

Die Sanftheit und das Empathievermögen, das ich im Umgang mit Pferden entwickelt habe, haben zu gar nichts geführt. Ich frage mich ernsthaft, wie viele Menschen es wohl in der Pferdewelt gibt, die so viel Erfahrung haben wie ich und so viel Routine und Experimentierfreudigkeit entwickelt haben im Umgang mit ihren Pferden. Und doch hat das alles überhaupt nichts gebracht.

Ich reite seit meinem dreizehnten Lebensjahr und war sehr schnell sehr erfolgreich auf Fuchsjagden, bei stallinternen kleinen Wettbewerben wie Ringstechen, Quadrillen oder kleinen Springparcours und nach einigen Jahren auch auf öffentlichen Reitturnieren.

Über zwanzig Jahre lang war ich fast jedes Wochenende auf Turnieren, die ersten zehn Jahre in Spring- und Military Wettbewerben bis zur schweren Klasse und die zweiten zehn Jahre in Dressurprüfungen ebenfalls bis zur schweren Klasse.

Mit Ende vierzig habe ich endlich meinen Traum von einem eigenen Stall verwirklicht. Ich habe einen Bauernhof gekauft, den ich viele Jahre lang umgebaut und in eine sehr schöne Reitanlage verwandelt habe. Ich habe mich auf klassische Dressur, Zirzensik und Fahren und auf Showauftritte spezialisiert. Ich wollte nicht mehr länger kämpfen und gegen jemanden reiten, sondern in der Gruppe und in prachtvollen barocken Kostümen zu klassischer Musik etwas Schönes für die Zuschauer bieten.

Ich habe auch sehr viel Wert auf Weiterbildung gelegt und mich deshalb immer bemüht, die besten Ausbilder in mein Reitzentrum einzuladen und von ihnen zu lernen.

Aber am meisten habe ich von meinen Pferden gelernt. Ich hatte im Laufe der Jahre über vierzig eigene Pferde und natürlich auch etliche Berittpferde, die nicht immer die einfachsten waren. Oft bekommt man sehr junge Pferde in Beritt, die etwas lernen und ausgebildet werden sollen, aber natürlich auch schwierige, verdorbene Pferde, mit denen die Besitzer Probleme haben.

Abgesehen davon hatte ich sehr gute Ausbilder Herbert Näher und Gunnar Schlosser während meiner Springkarriere, Peter Gut, Udo Lange und Egon von Neindorff während der Jahre, in denen ich mich schwerpunktmäßig auf klassische Dressur umgestellt und konzentriert habe. Speziell im Reitinstitut in Karlsruhe bei Herrn von Neindorff hatte ich die Chance, sehr viele ganz unterschiedliche Pferdetypen zu reiten, und dadurch habe ich am Allermeisten gelernt. Die Pferde im Reitinstitut waren alle korrekt ausgebildet, aber schwierig, und man bekam ein Pferd immer nur so lange, bis man es geknackt hatte und damit zurechtkam. Dann kam die nächste Herausforderung.

Herrn von Neindorffs Devise war: „Ausbilder müssen Schweine sein!"

Damals habe ich das nicht verstanden und mich oft gefragt, warum ich mir das Reitinstitut überhaupt antue. Heute weiß ich, dass ich dort alles gelernt habe, was im Dressurreiten wichtig ist.

Neben diesen klassischen Ausbildungen, die in erster Linie das Reiten betreffen, habe ich zwei Zusatzausbildungen in USA absolviert, eine bei Monty Roberts, dem damals als Pferdeflüsterer bekannten Cowboy, der die Pferde der Queen und weltweit Rennpferde erfolgreich trainierte, und einige Jahre später die Ausbildung zur EponaQuest Instruktorin bei Linda Kohanov, bei der es vor allem um den psychologischen Aspekt und damit mehr um Persönlichkeitsentwicklung des Reiters oder Pferdebesitzers ging.

Auch diese anderen Ausbildungen haben mich sehr geprägt und meinen Umgang mit Pferden verändert.

Jahrelang habe ich selbst als Ausbilderin „Pferd als Spiegel" in Seminaren angeboten. Dabei ging es darum, im Umgang mit dem Pferd eigene Muster zu erkennen und an sich selbst zu arbeiten. Der Mensch musste lernen, geduldiger, gelassener und empathischer zu werden. Das waren spannende Zeiten, wenn man erkannte, wie man selbst Auslöser für vielerlei Probleme ist, die man mit anderen – nicht nur Pferden – zu haben meint. Diese Prozesse laufen in den meisten Fällen unbewusst ab und sind bedingt durch unsere Prägungen wie Erziehung, soziales Umfeld, Land und Zeitalter, in dem wir leben, und natürlich durch unsere eigenen Erfahrungen.

Immer wieder hatte ich im Laufe meines Lebens Pferde, die eine Herausforderung für mich waren. Es hat manchmal eine ganze Zeit gedauert, aber bislang habe ich immer einen Zugang zu meinen Pferden bekommen und war in der Lage, das Problem zu lösen.

Nicht so mit meinem jüngsten Pferd, Amanecer. In den drei Jahren, die er nun bei mir im Barockreitzentrum steht, hat er an Gewicht und Muskulatur zugenommen, hat eine schöne Oberlinie bekommen und viel gelernt.

Im ersten Jahr lief er sehr schön und willig, und dann war plötzlich Schluss.

Das Problem ist: er verweigert die Kooperation mit mir und lässt sich weder antraben noch angaloppieren.

Im Schritt ist er sehr lieb und macht alles mit – Seitengänge, Kurzkehrt, Volten, Hinterhand- und Vorhandwendungen, Rückwärtsrichten, aber antraben lässt er sich nicht. Er spannt dann seine Rückenmuskulatur an, in der Reitersprache heißt das, er drückt den Rücken weg, und das bedeutet für den Reiter, dass die Kommunikation, die über Gewichts- und Schenkelhilfen abläuft, unmöglich ist. Man kommt nicht mehr durch mit den reiterlichen Hilfen.

Es gibt wohl nichts Beschämenderes für einen Reiter, speziell, wenn er – oder sie – sich einbildet, ganz ausgezeichnet zu reiten und alles richtig und gut zu machen, als ein Pferd, das komplett die Kooperationsbereitschaft gekündigt hat. Man kommt sich einfach vollkommen vergackeiert vor.

Das geht jetzt schon seit fast einem Jahr so. Ich habe wirklich viel probiert, mir überlegt, was er mir spiegelt, aber ich verstehe es einfach nicht. Nicht einmal im Gelände schaffe ich es, mein Pferd anzutraben oder anzugaloppieren.

So auch wieder heute Morgen: Zum dritten Mal gebe ich die Hilfe zum Antraben, und es passiert nichts.

Wobei das gar nicht stimmt. Ich spüre, wie er in dem Moment, in dem ich das Kreuz anspanne und sanften Druck mit den Schenkeln gegen seinen Bauch aufbaue, blockiert. Er geht sofort in Widerstand, verhärtet sich, drückt das Kreuz weg, taucht ab. Er ignoriert mich. Es ist, als ob ich gar nicht existiere.

Ich fühle mich abgelehnt, ein Gefühl der Ohnmacht und des Alleingelassenseins überkommt mich. Das sind Gefühle, mit denen ich ein Leben lang gekämpft habe. Mein größter Schmerz, den ich einfach nicht akzeptieren kann und will. Ich bin eine Kämpferin, eine Amazone. Ich gebe niemals auf. Ich muss diese vernichtende Stille, die sich durch seine Verweigerung auf mich gelegt hat, durchbrechen.

Ich atme tief durch und erhöhe sanft den Druck meiner Waden. Dieses Mal muss ich mich durchsetzen. Ich weiß, wie vorsichtig ich dabei sein muss, weil er von einem Moment zum anderen explodieren kann. Trotzdem muss ich aktiv werden. Ein Pferd, das nicht antraben will, ist nicht akzeptabel. So etwas habe ich in über fünfzig Jahren täglicher Reiterfahrung noch nie erlebt.

Und wieder tut sich äußerlich rein gar nichts, außer dass er sich sofort wieder total verspannt, wodurch eine klassische Hilfengebung nicht möglich ist. Ich dringe nicht zu ihm durch und fühle mich wieder ungewollt und unwillkommen.

Was mache ich nur? Warum setze ich mich dem immer wieder aus? Warum versuche ich, dieses Pferd zu etwas zu bringen, was es absolut nicht möchte?

Ich bin verzweifelt. Habe ich mich so in ihm getäuscht? Ich sollte es einfach gut sein lassen und das Ganze beenden. Ich sollte einsehen, dass ich verloren habe. Ich bin traurig und mir ist schlecht. Ich kann kaum atmen. Ich sitze passiv auf meinem Pferd und überlege, ob ich absteige.

Amanecer beantwortet mein inneres Loslassen mit einem Schnauben und dem Fallenlassen seines Kopfes. Sein Rücken entspannt sich. Er lässt los. Er lässt mich sitzen. Das heißt, wenn seine Abwehrspannung aufhört, wenn er weich wird und sich seine Rückenmuskeln entspannen, kann er mich spüren. In der Reitersprache nennt man das Losgelassenheit – die Voraussetzung für die non-verbale Kommunikation zwischen Reiter und Pferd. Das ist ein Durchbruch. Er hört zu.

Ich atme tief durch. Mit sanftem, sich ganz langsam steigerndem Druck versuche ich wieder, ihn anzutraben.

Er schüttelt unwillig mit dem Kopf.

Ich erhöhe den Druck und setze alles auf vorwärts. In diesem Moment spannt sich Amanecer ganz extrem und drückt sich mit allen vier Beinen gleichzeitig ab. Ich sitze auf einer Abschussrampe. Wie ein Rodeo-Pferd drückt er Kopf und Kruppe nach unten und sein Rücken schnellt senkrecht nach oben, nicht nur ein oder zwei Mal. Er dreht völlig durch und hört nicht auf zu bocken. Was soll ich tun? Ihn jetzt zu bestrafen, wäre richtig gefährlich. Er ist so überdreht, dass er gar nicht mehr weiß, was er tut.

Mein Körper steht unter Strom. Ich habe gelernt, meine Angst zu kontrollieren und versuche, locker und vor allem oben zu bleiben. Wann hört er endlich auf? Ich schreie ihn an, schließlich will ich mir in meinem Alter nicht noch das Genick brechen.

Nach einer Rodeo-Runde um die halbe Halle hört er endlich auf, und ich schaffe es, ihn einige Meter vorwärtszutraben. Ich zwinge mich, noch eine Runde Schritt zu reiten, bevor ich absteige.

Als ich die Steigbügel hochschiebe und den Sattelgurt löse, zittere ich am ganzen Körper. Ich liebe dieses Pferd so sehr und er scheint mich manchmal zu hassen. Zumindest hat er keinerlei Absicht, mir entgegenzukommen oder etwas für mich zu tun.

Ich bringe ihn in seine Box und bin total fertig. Was soll ich machen? Habe ich wirklich alles probiert?

Ich könnte Anna anrufen, die Frau in Spanien, die ihn mir verkauft hat. Vielleicht hat sie eine Idee. Sie kennt das Pferd und seine Vorbesitzer ja viel besser. Außerdem hat sie unheimlich viel Erfahrung mit spanischen Pferden und spanischen Trainingsmethoden. Ich habe schon oft gehört, dass Reiterinnen und Reiter bei Importpferden Probleme haben, weil die Pferde mit unserem viel sanfteren Umgang nicht klarkommen. Ja, das mache ich, und zwar jetzt sofort.

Überraschenderweise ist sie direkt am Apparat. Sie freut sich, dass ich anrufe, und fragt nach Amanecer. Ich erzähle ihr, was passiert ist, und dass ich echt nicht mehr weiterweiß. Warum bekomme ich keine Verbindung zu meinem Pferd? Ich verlange doch überhaupt nichts Ungewöhnliches von ihm. Ich will doch nur seine Freundin und Vertraute sein. Warum weigert er sich, mit mir zu kooperieren? Was habe ich ihm getan?

Anna sagt, ich mache mir viel zu viele Gedanken. Manchmal passt es halt einfach nicht. Sie tauscht ihn mir um.

Ich bin schockiert. Nein, um Himmels Willen. Ich will ihn nicht umtauschen. Ich kann ihn nicht umtauschen. Ich liebe ihn und, egal, was passiert, ich weiß, dass es eine tiefe Verbindung zwischen uns gibt, etwas ganz Besonderes, Wichtiges, das nur wir zwei uns geben können, auch wenn das im Moment absolut aussichtslos erscheint und vollkommen verrückt klingt. Er ist ganz einfach mein Pferd. Ich diskutiere das nicht. Punkt!

„Wie du meinst", sagt sie. „Ich kann dir aber anbieten, mir das mal anzuschauen mit euch beiden. Ich fahre nächste Woche zu meiner Familie, und das ist gar nicht so weit weg von dir. Wenn du magst, komme ich dich besuchen. Vielleicht kann ich ja helfen. Die spanischen Pferde haben eben ihr Köpfchen, genau wie die spanischen Männer. Alles Machos, und damit kenne ich mich aus. Glaub mir. Mit lieb, lieb kommst du da nicht weiter. Die brauchen eine klare Ansage."

„Super, danke. Das ist wirklich eine sehr gute Idee, und ich freue mich über deinen Vorschlag. Vielleicht bin ich ja zu inkonsequent und weich mit ihm."

Die Nacht verbringe ich mal wieder schlaflos und habe eine Erkenntnis: Es sieht so aus, als ob ich ihn im Moment nicht ändern kann. Das, was er mit mir macht, ist gefährlich. Wenn ich nicht aufpasse, lande ich im Krankenhaus – oder in der Psychiatrie. Ihn herzugeben kommt aber auch nicht in Betracht. Niemals! Die einzig mögliche Lösung, die ich mir vorstellen kann, ist: Ich muss mich ändern!

Anna scheint das auch so zu sehen, sie denkt, ich bin zu lieb. Jedenfalls ist es ein wahres Geschenk, dass sie gerade jetzt nach Deutschland kommt. Ich werde abwarten, bis sie da ist und ihn vorläufig nicht dressurmäßig reiten. Anna lebt seit vielen Jahren in Spanien und hat definitiv sehr viel Erfahrung mit spanischen Pferden. Wäre doch gelacht, wenn wir das nicht hinkriegen würden.

Für die nächsten Tage habe ich mir deshalb ein Deeskalations-programm überlegt. Ich reite Amanecer nur ins Gelände ohne große Anforderungen und Erwartungen und stelle die Dressurarbeit erst einmal zurück. Es geht jetzt um Koope-rationsbereitschaft und Spaß. Er soll sich freuen, wenn wir etwas zusammen unternehmen. Ab und zu lasse ich ihn sogar im Wald an den Buchenzweigen nagen. Die liebt er über alles, und das hat auch noch den Vorteil, dass er dann ganz weich wird im Maul und zufrieden schnaubt, weil sich durch das Kauen die ganze Muskulatur entspannt. Ich merke, dass auch ich viel lockerer und entspannter werde. Unsere

Ausritte machen richtig Spaß. Um ihm etwas Abwechslung zu bieten und ihn auch in Trab und Galopp bewegen zu können, arbeite ich ihn zwischendurch an der Doppellonge.

Meine langjährige Freundin Morgana, die ich vor über dreißig Jahren im Finnisch-Kurs kennengelernt habe, und die ein absoluter Fuchs ist, wann immer es um Probleme oder Krankheiten geht, riecht den Braten sofort. Sie ist noch gar nicht richtig in der Reithalle, als sie schon fragt: „Na, reitest du ihn heute nicht? Ich wollte mal zugucken."

„Die Show war gestern", rufe ich zurück.

„Warum? War was?"

„Ja. Er hat wieder absolut gestreikt, und als ich etwas massiver wurde, hat er eine Rodeonummer vom Feinsten hingelegt. Um ein Haar hätte er mich in den Sand gesetzt."

„Moinsch, der isch grank?", fragt sie in breitestem Schwäbisch.

„Ich habe keine Ahnung, aber ich habe Anna angerufen. Sie ist zufälligerweise gerade in Deutschland, und stell dir vor, sie will vorbeikommen und ihn sich anschauen."

Morgana liebt Pferde über alles und hatte viele Jahre bei mir Reitunterricht. Impressioso, mein kleiner Andalusier, ist ganz sicher kein einfaches Pferd, aber sie liebt ihn und besucht ihn täglich und er bekommt zuverlässig Karöttchen, Äpfelchen und einen toupierten Schopf wie Alf, der Außerirdische, einen quietschgrünen Anbindestrick und ein royalblaues Halfter. Außerdem besitzt er ein Plüschtier, einen Pegasus mit goldenen Flügeln, der statt eines Hufkratzers an seiner Boxenwand hängt. Er wird täglich gesalbt wie Cleopatra, weil er allergisch auf kleine Stechmücken reagiert und als er im Winter viel gehustet hat, bekam er natürlich auch ein Inhaliergerät.

Morgana ist mittlerweile zu einer meiner besten Freundinnen geworden, und das ist eine große Ehre, weil ich ja kein Pferd bin, jedenfalls kein richtiges.

Wir reden über alles Mögliche, wenn wir spazieren gehen oder zusammen reiten, und zwar immer Klartext. Sie kann gut zuhören und sie hat wirklich den siebten Sinn, wenn es um die Einschätzung von Menschen geht oder um zwischenmenschliche Beziehungen allgemein, obwohl sie Tiere viel mehr liebt als Menschen.

„Jetzt goaht er abr subbr", reißt sie mich aus meinen Gedanken.

Und wirklich, an der Doppellonge geht er wunderschön und vor allem trabt und galoppiert er willig, sobald ich nicht draufsitze. Amanecer ist fleißig, aufmerksam und schnaubt zufrieden. Ich frage mich, ob ihm beim Reiten vielleicht wirklich etwas wehtut.

Nach zwanzig Minuten Trab- und Galoppübergängen lasse ich ihn durchparieren zum Schritt, nehme Longiergurt und Longe ab und laufe noch ein paar Runden mit ihm. Er bleibt unbeirrbar neben mir ohne Führstrick. Solange ich ihn nicht reiten will, zeigt er mir in jeder Minute, dass er mich liebt und gern mit mir zusammen ist. Reiten findet er nur im Schritt akzeptabel. Antraben oder angaloppieren ist nicht. Das soll einer verstehen.

Ich muss aufpassen, dass ich jetzt keine negative Erwartungshaltung aufbaue. Pferde sind sehr gute Leser von Energien, und Amanecer ist da besonders feinfühlig. Für heute lief es ja ganz gut. Das sollte ich jetzt auch mal anerkennen, und so schlage ich Morgana vor, noch einen Kaffee trinken zu gehen.

Wir gehen gern zu unserem Supermarkt um die Ecke. Da gibt es nur drei ganz kleine Tische, aber meistens ist außer uns niemand da, und wir mögen ja beide keine Menschenmengen.

Wir holen uns zwei Milchkaffee an der Theke und zur Feier des Tages zwei Stückchen Kuchen. Es duftet herrlich nach Kaffee, und wir haben Glück, wir sind allein.

Morgana meint, Amanecer sei wirklich ganz toll gelaufen. Sie würde aber trotzdem einen Tierarzt drüber schauen lassen. Ich bin etwas skeptisch, obwohl ich darüber auch schon nachgedacht habe. Vielleicht sollte ich das wirklich endlich tun. Aber jetzt warte ich erst einmal Annas Einschätzung ab. Sie ist eine Pferdefrau durch und durch und sie kennt das Pferd ja auch schon viel länger als wir.

„Wie war's denn eigentlich im Musical?", fragt Morgana plötzlich.

Ich wollte mit Stevie in *Tina* ins Stuttgarter Apollo Theater. Stevie ist mein bester Freund und engster Vertrauter. Ich kenne ihn noch gar nicht so lange, erst zwei Jahre, aber wir haben uns vom ersten Moment an sehr gut verstanden. Stevie ist beruflich sehr viel unterwegs und deshalb genieße ich die Zeiten, in denen er in Stuttgart ist, sehr. Er ist Meeresbiologe und hält sich deshalb auch oft in Meeresnähe auf, in letzter Zeit meistens an der Ostsee, aber es kommen auch längere Reisen vor. Am Schlimmsten sind die Schiffsexpeditionen, die mehrere Wochen oder sogar Monate dauern können. Gott sei Dank sind die sehr begehrt und Stevie hat erst einmal einen Platz auf so einem Schiff bekommen. Damals war er drei Monate in der Arktis.

Im Moment arbeitet er im Labor und ist deshalb wieder für ein paar Wochen im Raum Stuttgart. Mich hat das natürlich sehr gefreut und ich hatte mir gewünscht, mit ihm in *Tina* zu gehen. Er wollte eigentlich an meinem Geburtstag mit mir hingehen, aber dann kam doch immer wieder irgendetwas dazwischen, und ich war schon sehr enttäuscht. So wahnsinnig gut gefällt mir deshalb Morganas direkte Frage nicht.

„Wir waren gar nicht. Er hatte keine Zeit."

„Läuft's grad net so?", fragt sie.

„Er hat halt viel zu tun."

„Ich würd ihn anrufen."

Wir sitzen noch eine halbe Stunde beim Kaffeetrinken, aber irgendwie hat mir das jetzt keine gute Laune gemacht.

Es läuft grad net so hat sie gesagt. Und sie hat Recht, es läuft weder mit meinem Pferd noch mit Stevie so, wie ich mir das wünsche.

Beziehungsweise läuft Amanecer gar nicht, wenn ich draufsitze, und, je länger ich mir das überlege, umso mehr sehe ich da eine Parallele: Das Pferd verabschiedet sich und taucht ab und von Stevie habe ich auch schon ein paar Tage nichts mehr gehört. Ich sollte ihn wirklich mal anrufen.

Als ich wieder daheim bin, mache ich das auch gleich. Es klingelt viermal, dann drückt er mich weg. Was für ein Signal ist das nun wieder? Nein, ich will das jetzt nicht überbewerten. Er hat sicher viel zu tun und wird mich schon zurückrufen.

Er ruft nicht zurück und ich bemühe mich, nicht frustriert oder traurig zu sein. Jedenfalls rufe ich jetzt nicht an. Ich will ja nicht nerven.

Ich beschließe, etwas mit Amanecer zu machen. Ich könnte ins Round Pen gehen oder auf den Sandplatz und ihn an der Doppellonge zu bewegen.

Auf dem Sandplatz geht er viel besser als in der Rundhalle, und ich muss sagen, ich verstehe das. Draußen weht ein kühler Wind, der mit seiner langen Mähne spielt und sehr angenehm ist bei dem sonnigen Wetter. Es riecht nach Blumen und Frühling, und man hört die anderen Pferde auf ihren Paddocks und auf den Koppeln. Einige schauen uns zu, und ich glaube, dass Amanecer das genießt. Er will schon gerne gesehen werden.

Der Sandplatz liegt durch die Hanglage etwas tiefer als der Stall mit den Außenpaddocks, und es entsteht deshalb das Gefühl, als ob wir Zuschauer auf der Tribüne hätten.

Auch hier versuche ich, ihn zu überraschen und ein bisschen Spaß einzubauen. Nach den ersten zehn Minuten im Schritt kommt die Trabtour, und da der Sandplatz 20 × 60 Meter misst, habe ich genug Platz, um zweimal aus dem Zirkel zu wechseln. Im Round Pen mit einem Durchmesser von achtzehn Metern geht das natürlich nicht. Ab und zu baue ich auch Einlagen am langen Zügel ein. Das heißt, ich laufe geradeaus ganze Bahn hinter meinem Pferd, um dann irgendwo, wo er es nicht erwartet, beziehungsweise, wenn mir die Puste ausgeht, wieder auf den Zirkel abzubiegen.

Da er so gut und willig geht, kommt mir die etwas gewagte Idee, das Ganze auch einmal im Galopp zu probieren. Also Zirkel linke Hand, fliegender Galoppwechsel auf der Mittellinie nach rechts, eine Runde Rechtsgalopp auf dem Zirkel und dann noch einmal einen fliegenden Wechsel nach links. Es klappt hervorragend und Amanecer ist aufgeregt und freut sich. Er macht einen ganz wachen Eindruck, seine Augen strahlen und er scheint förmlich darauf zu lauern, was als Nächstes kommt. Er springt auch sehr weit unter und bietet dadurch die Voraussetzung für die Versammlung und höhere Lektionen. Da er jetzt sehr aktiv und fleißig, fast schon zu schnell ist, verkleinere ich den Zirkel. Das zwingt ihn dazu, kürzer und höher zu galoppieren, sich zu versammeln. Es macht Spaß, seine leuchtenden Augen und die aufmerksam gespitzten Ohren zu sehen. Je kleiner ich den Zirkel mache, umso mehr spüre ich die Bodenvibrationen, die er durch seine Galoppade auslöst, und seinen vertrauten Duft, ein kleines bisschen wie Grapefruit. Beim Vergrößern des Zirkels lasse ich ihn wieder etwas zulegen und kann dadurch spielerisch an seiner Kooperationsbereitschaft oder der Durchlässigkeit, wie das in der Reitersprache heißt, arbeiten.

Das war eine gute Idee, einmal etwas völlig anderes zu probieren, und das auch noch in einer anderen Umgebung. Der Sandplatz liegt unterhalb der Stallungen und ist an drei Seiten von Koppeln umgeben. Das trägt ganz natürlich zu mehr Aktivität bei, weil die auf der Koppel freilaufenden Pferde ab und zu auch einmal einen unerwarteten Galopp einlegen oder eine Elster direkt neben uns landet.

So verbringen wir die nächsten Tage spielerisch und ohne zu reiten, aber trotzdem mit guten Ergebnissen. Ich freue mich sehr auf den Besuch von Anna, denn es sieht im Moment so aus, als ob ich das Problem zumindest teilweise gelöst habe oder der Lösung wenigstens einen entscheidenden Schritt nähergekommen bin.

KAPITEL 2

„Hola, Elke. Que tal? Super, dass das mit unserem Treffen geklappt hat", ruft Anna mir zu, als sie aus dem Auto steigt.

„So schön, dich zu sehen", erwidere ich. „Jetzt siehst du endlich, wo Amanecer wohnt. Magst du gleich in den Stall gehen, oder wollen wir zuerst etwas trinken?"

„Am liebsten gleich in den Stall", sagt sie und dann: „Oh wow, was für eine tolle Anlage. Die Boxen sind ja riesig, und die schönen geschwungenen blauen Gitter mit Messingabdeckungen – schöner als in Jerez. Vor allem können die Pferde ohne Gitterstäbe in die Stallgasse gucken und sich sehen, das ist echt schön. Und die riesigen Außenpaddocks. Das gefällt Amanecer ganz bestimmt."

Amanecer ist, als er meine Stimme gehört hat, gleich vom Paddock, seinem kleinen Freigehege, hereingekommen und begrüßt uns.

„Der hat aber zugenommen", meint Vera überrascht, und es stimmt, als ich ihn gekauft habe, hatten er sechzig Kilo weniger und sah aus wie ein Hungerhaken.

„Du weißt ja, Barockreitzentrum", schmunzle ich. „Sollen wir ihn gleich fertigmachen und in die Reithalle hochgehen?"

„Klar. Ich bin gespannt."

Und ich erst, denke ich mir, aber Amanecer wirkt fröhlich und entspannt. Er schnaubt sogar auf dem Weg hinauf in die Halle.

Ich sitze auf und reite ihn an im Schritt am langen Zügel.

Anna meint, ich solle die Zügel aufnehmen.

„Keine gute Idee", sage ich, „wäre besser, wenn wir uns Zeit lassen."

„Finde ich nicht. Er muss lernen, wer der Chef ist."

Da ich das für einen gravierenden Fehler halte, wende ich ab und halte neben Anna an. „Magst du mir das mal zeigen?"

„Klar, gerne", schmunzelt sie, und wir tauschen die Plätze. Die Steigbügel passen, und so reitet sie an und nimmt die Zügel auf. Zunächst sieht es ganz gut aus, Amanecer läuft vorwärts. Sie lässt ihn übertreten und gibt die Hilfen zum Antraben, die mein Pferd, wie von mir erwartet, ignoriert. Sie verstärkt die Hilfengebung und, da sie mit Kreuz und Schenkeln nicht weiterkommt, setzt sie die Gerte ein. Amanecer verspannt sich und schlägt mit dem Kopf, Anna tickt ihn nur ganz leicht an, und er steigt kerzengerade.

Sie bittet mich, sie von unten mit der Longierpeitsche zu unterstützen. Daraufhin zeigt mein Pferd seine Rodeonummer. Er springt mit alle vier Beinen in die Luft, seine Augen quellen aus den Höhlen und er beginnt zu schwitzen. Von einem Moment auf den anderen liegt der bekannte Duft von Pferdeschweiß in der Luft, und ich spüre seine Aufregung und Wut wie elektrische Ströme in meinem Körper.

Hoffentlich wirft er sie nicht ab, denke ich und mein Magen zieht sich zusammen. Bei jedem ihrer Versuche, anzureiten, springt er senkrecht nach oben. Er geht nun nicht einmal mehr Schritt.

„Lass gut sein", sage ich und ich glaube, sie ist froh, absteigen zu können.

„Das gibt's doch gar nicht. Das hat er ja noch nie gemacht", erwidert sie.

Mein Pferd ist total aufgeregt und tänzelt neben mir, sobald Anna abgestiegen ist. Ich versuche, ihn zu führen, und das funktioniert.

Ich laufe eine Viertelstunde lang durch die Halle, erst linke Hand, dann rechte Hand, bemühe mich, Ruhe hineinzubringen und meinem Pferd zu helfen, sich zu entspannen. So allmählich beruhigt er sich, beziehungsweise beruhigen wir uns beide, und ich beschließe, mich selbst nochmal draufzusetzen. Ich lasse die Zügel ganz lang und nehme nur so viel auf, wie er mir anbietet. Schließlich sind wir so weit, dass ich im Schritt Lektionen reiten kann. Seitengänge, Kehrtwendungen, Volten, Schlangenlinien – was immer.

Anna fragt mich, ob ich das mit dem Antraben nochmal probieren will, und greift nach der Longierpeitsche.

„Gib mir noch einen Moment und leg die Peitsche weg. Mit Druck erreicht man überhaupt nichts bei ihm."

Ich reite noch ein paar Kurzkehrtwendungen und lasse ihn übertreten, dann gehe ich auf den Zirkel, verkleinere bis auf Voltengröße, wobei seine Kruppe leicht im Travers nach innen stelle. Dann gebe ich die Trabhilfe und er lässt sich zu drei Trabtritten überreden. Dann fällt er wieder zurück in den Schritt. Ich wiederhole die Prozedur einige Male und bekomme einige Trabtritte. Aber er fällt immer wieder zurück in den Schritt.

Nach einer halben Stunde und einer ganzen langen Seite im Trab schlage ich vor, es gut sein zu lassen und lade Anna zum Italiener ein. Mich interessiert ihre Meinung sehr. Sie hat viel Erfahrung, und ich wollte, dass sie dieses Gefühl der Ohnmacht spürt, das mein Pferd mir immer wieder vermittelt, wenn er sich absolut weigert, zu kooperieren. Außerdem tut es mir natürlich leid, dass er sich so schlecht benommen hat, und ich denke, ein schönes Mittagessen und ein Gläschen Primitivo sind jetzt genau richtig auf den Schreck.

In der Pizzeria duftet es angenehm nach Pizza, Parmigiano, Wein und Espresso. Das ist für mich so ein ganz spezieller, sehr beruhigender Geruch, und die ganze Spannung der letzten zwei Stunden fällt von mir ab.

Wir setzen uns an einen netten Ecktisch, wo wir ungestört reden können. Wir nehmen beide ein Glas Rotwein, eine Flasche San Pelegrino, Scaloppine und Salat.

„Lass uns erst einmal anstoßen. Es tut mir so leid, dass er gestiegen ist und wieder so übel gebockt hat. Ich habe wirklich gedacht, dass die Bodenarbeit etwas gebracht hat. Ohne Reiter geht er nämlich sehr gut."

„Kein Problem, aber ganz im Ernst, so etwas habe ich noch gar nie erlebt. Bei uns hat er das nicht gemacht."

„Ich bin nur froh, dass dir nichts passiert ist. Ich habe diese Probleme, seit ich anfange, ihn auf höhere Lektionen vorzubereiten und an der Versammlung arbeite."

„Hast du ihn schon mal tierärztlich untersuchen lassen?"

„Bisher hat der Tierarzt nichts feststellen können, aber das Komische ist ja, dass er, wenn ich mir ewig Zeit lasse, irgendwann läuft. Kurzfristig und auf Druck geht nichts. Manchmal geht er sogar lahm, und wenn ich dann dieses hin und her Taktieren wie vorhin mit ihm mache, dass ich ihn im Trab ausfallen lasse, kurz Schritt reite und einfach immer wieder antrabe, dann kommt irgendwann der Moment, wo es besser geht."

„Schon komisch, und er kann eigentlich auch nichts haben. Wir haben ihn ja von unserem Tierarzt auf Herz und Nieren checken lassen, und er war absolut gesund. Ich hätte dir ja nie ein krankes Pferd verkauft. Also wie gesagt: Ich tausch ihn dir um. Das ist echt kein Pferd für dich. Den sollen sich mein Mann und unsere Bereiter vornehmen. Die können, wenn es gebraucht wird, auch spanische Dickschädel sein. Da kann er sich warm anziehen", lacht sie.

Kommt absolut nicht in Frage, denke ich. Ist auch viel zu gefährlich. Wenn die ihm blöd kommen, dreht er total durch.

„Danke für das Angebot. Das ist sehr großzügig. Ich werde drüber nachdenken", sage ich stattdessen.

Und dann kommt Michele mit den Panini und dem Salat.

Trotz der Pannen mit Amanecer wird es ein sehr schönes Mittagessen mit guten Gesprächen über Pferde, die Pferdemesse Sicab in Sevilla, Annas Familie, ihre beiden Töchter und die neuen Pferde, die zum Verkauf stehen, sowie über Spanien ganz allgemein.

Ich erzähle von meiner dreiwöchigen Bustour mit meinem Chor, auf der wir über sechstausend Kilometer quer durch Spanien gefahren sind von Figueres über Madrid und Córdoba nach Sevilla und von dort über Saragossa und León nach Bilbao. Ich habe sogar für die Gruppe von Spanisch nach Deutsch übersetzt, erzähle ich stolz.

Anna ist begeistert, wie gut ich Spanisch gelernt habe und dass ich gerade einen Spanischkurs in Barcelona gebucht habe, findet sie ganz große Klasse.

„Warum machst du den Sprachkurs nicht in Sevilla. Dann könnten wir mal wieder einen Cortado zusammen trinken."

„Ich dachte, Sevilla ist das spanische Reutlingen und ich gewöhne mir da nur einen völlig unbrauchbaren Slang an", grinse ich zurück, „aber, wenn ich die Basis richtig draufhabe, könnte ich Sevilla mittelfristig durchaus ins Auge fassen. Ich liebe Spanien."

Der Tag mit Anna war wunderschön und ging viel zu schnell vorbei, obwohl ich dadurch mit Amanecer nicht wirklich weitergekommen bin, haben mich unsere Gespräche doch zum Nachdenken gebracht.

Anna denkt wie so viele Trainer, die ich kenne, dass das Problem durch Dominanz, also im Kampf gelöst werden muss.

Ich dagegen meine, das wäre der größte Fehler. Andererseits sehe ich natürlich ein, dass ich wie die Unterfliegerin dastehe mit meinem System der Ausbildung auf Augenhöhe. Wenn mein Pferd keinen Bock hat, geht gar nichts. Wobei ich mir da gar nicht so sicher bin. Vielleicht kann er ja wirklich manchmal nicht – aus welchen Gründen auch immer.

Das ist das Erste, was ich herausfinden muss. Ist mein Pferd krank oder kann es sein, dass er megaschlau ist und mich verarscht. Aber er geht manchmal wirklich lahm. Irgendetwas ist da nicht in Ordnung.

Dass ich dauernd gefrustet bin und er mich an meiner Einschätzung und Entscheidungsfähigkeit zweifeln lässt, ist aber auch keine dauerhafte Lösung. Ich bilde mir sehr viel darauf ein, dass ich wahnsinnig viel über Pferdeausbildung gelernt habe und das richtig gut mache. Ich habe auch wirklich gelernt, nicht so schnell die Geduld zu verlieren. Ich bin sehr viel mutiger geworden. Nach dem ersten Schock bin ich irgendwie schon einigermaßen auf seine Widersetzlichkeiten vorbereitet, beziehungsweise spüre ich mittlerweile, wenn er hochkocht und kann die Eskalation in den meisten Fällen vermeiden. Das geht allerdings nur, wenn ich klein beigebe. Wobei wir wieder bei der Frage sind, wer nun sagt, wo es lang geht, und ob es richtig ist, ihn den Rahmen des Möglichen setzen zu lassen. Er treibt mich echt noch in den Wahnsinn.

Aber vielleicht geht es ja auch überhaupt nicht um ein Machtspiel. Ich habe lange genug *Pferd als Spiegel* unterrichtet und weiß, dass Pferde einem auch eigene Probleme aufzeigen können. Ich weiß nur überhaupt nicht, was er mir sagen will, was ich falsch mache oder, wo ich mein Verhalten ändern muss. Oder muss ich mich einfach komplett ändern? Aber wie?

Die Situation ist verfahren und ich weiß überhaupt nicht, warum. Ich schaffe es im Moment nicht, ihn zu motivieren oder sein Verhalten zu ändern. Ehrlicherweise muss ich zugeben, dass ich am Ende meiner Weisheit angelangt und total frustriert bin. Frustration – das habe ich einst bei Linda Kohanov gelernt – bedeutet, dass man die eckige Schraube in ein rundes Loch drehen will. Wenn ich also das Loch, in dem Fall Amanecer, nicht ändern kann, dann werde ich, die Schraube, mich ändern. Ist doch eigentlich sonnenklar.

Ich werde mich nicht nur ändern, ich muss mich ändern. Ich bin dazu bereit. Aber wie? Was läuft schief in meinem Leben, was mache ich falsch? Ich weiß, dass ich stark bin. Ich habe schon viele Hindernisse überwunden. Bis jetzt habe ich nie aufgegeben. Diesmal muss ich richtig tief tauchen. Diesmal kämpfe ich nicht mehr mit einem äußeren Feind.

Amanecer ist nicht mein Feind. Er liebt mich. Der Feind sitzt ganz woanders, in meinem Inneren. Das Problem ist, dass ich den Feind noch gar nicht kenne, weil er unsichtbar ist und sich vor mir versteckt. Ich habe es sozusagen mit einem Guerillakämpfer zu tun. Ich spüre, wie mir übel wird, genauso wie heute Morgen in der Halle mit Amanecer.

Es tut schon wieder so richtig weh. Das Verlassenheitsgefühl kommt zurück. Das Gefühl, allein und verloren zu sein, dass ich schon mein Leben lang kenne. Die Zeit ist gekommen, diesem Schmerz, der in letzter Zeit immer öfter zurückkehrt, zu begegnen.

Ich muss mit jemandem reden. Mir fällt natürlich Stevie ein. Er hat immer noch nicht zurückgerufen. Irgendetwas muss da los sein, denn normalerweise meldet er sich sofort, wenn er denkt, dass ich ihn brauche.

Ich habe ihn vor zwei Jahren in Tübingen auf dem Schokoladenmarkt kennengelernt. Ich war eigentlich mit einer Freundin verabredet gewesen, aber die hatte den Termin glatt vergessen, und so entschloss ich mich kurzer Hand nach einem ausgiebigen Spaziergang durch die Tübinger Altstadt und mehreren Schokolade-Tastings, einen Schokoladekochkurs in der Villa Metz zu besuchen. Eigentlich wäre das gar nicht gegangen, da man sich dazu online hätte anmelden müssen. Da ich das nicht wusste und einfach hinging und fragte, hatte ich Glück und durfte mitmachen. Irgendjemand schien abgesagt zu haben.

Stevie war auch in diesem Kochkurs und ich erstarrte in der ersten Sekunde, als ich ihn sah, und mein Herz begann wie wild zu hämmern. Das war jetzt total verwirrend für mich. Das war ein wildfremder Mann, den ich noch nie gesehen hatte und auf Männer war ich nach meinen nicht so erfreulichen Erlebnissen mit der Spezies damals überhaupt nicht gut zu sprechen und hatte deshalb auch absolut keine Lust, in engeren Kontakt mit ihnen zu treten. Ich versuchte deswegen sofort, mich mit den Vorbereitungen für den ersten Gang und den anderen Teilnehmern abzulenken und drehte ihm erst einmal den Rücken zu. Der erste Gang unseres Viergänge-Menüs war eine „limettenfrische Schoko-Garnelen-Suppe". Das klang ziemlich exotisch, aber ich liebe ja verrückte Dinge und es machte Spaß mit zwei Frauen, die ich auch nicht kannte, die Zubereitungsschritte gemeinsam zu machen, immer mal zu probieren und ein bisschen herumzualbern. Als die Suppe fertig war, sollten wir uns einen Platz aussuchen. Ich setzte mich sofort zu den beiden Frauen an den Tisch und wollte mir gerade ein Glas Wasser einschenken, als ausgerechnet dieser attraktive Mann den Platz neben mir ansteuerte, mich unglaublich süß anlächelte und fragte, ob es ok sei, dass er sich zu mir setzte. Ich wollte eigentlich ein gelangweiltes „ja klar" erwidern, als mir das Wasserglas aus der Hand fiel und direkt in der Schokoladensuppe landete. Das Schokozeug spritzte in alle Richtungen, in erster Linie in Richtung Stevie. „Volltreffer" fiel mir unpassender Weise ein. Sein weißes Hemd sah aus wie Stracciatella und die Jeans hatten auch eine Ladung abgekriegt. Ich wollte im Erdboden versinken und konnte nur stammeln „Oh Gott, das tut mir leid."

Er lächelte und meinte „Du kannst Stevie zu mir sagen."

Ich war völlig fertig und wusste gar nicht, was ich machen sollte. Ich versprach ihm, Hemd und Hose zu waschen oder reinigen zu lassen, aber er nahm es mit Humor, und es wurde ein sehr schöner Abend.

Das Wildragout mit Kakao und Kirschen und das mexikanische Schoko-Hähnchen schmeckten einfach göttlich, ganz zu schweigen von der Mousse au Chocolat mit Bananen-Eierlikör-Salat, und das kann ich auch jetzt, nach zwei Jahren, noch schmecken. Ich saß den ganzen Abend neben ihm und nach dem Kochkurs gingen wir noch einen Absacker trinken.

Er erzählte mir, dass er im Umweltschutz arbeite und eigentlich Meeresbiologie studiert habe. Ich erzählte ihm, dass ich mit Pferden arbeite und mit meinen Tieren lebe. Er meinte darauf, er habe keine Ahnung von Pferden, aber er könne mir ziemlich viel über Seepferdchen erzählen. Er habe an der Universität Bremen eine Ausbildung zum Biologielaboranten gemacht und tauche leidenschaftliche gerne.

Im Moment befasse er sich mit Fischökologie und den Nährstoffkreisen der Ozeane. In den letzten Jahren sei er viel an der Ostsee gewesen, aber er überlege sich im Moment, zurück nach Stuttgart zu kommen. Porsche habe ganz interessante Berufsangebote als Senior Consultant in Life Sciences. Das klang alles sehr interessant und vor allem sagte er damals, er wolle nach Stuttgart zurückkommen.

Wie dem auch sei, das Labor ist nicht wirklich sein Leben. Er liebt die große weite Welt und taucht unheimlich gerne. Für mich bedeutet das, dass er ständig auf irgendwelchen Forschungsschiffen ist, am liebsten in der Karibik. Da gibt es die allerschönsten Fische, aber auch die allerhässlichsten Kreaturen, für die er ein besonderes Faible hat. Im Moment ist der Fetzenfisch, der eher aussieht wie ein abgebrochenes grün-gelbliches Stück Alge, sein Lieblingstier und den habe ich dann statt *Tina* zum Geburtstag gekriegt. Natürlich nicht im Original, aber als von ihm persönliche geschossene Super-Fotografie. Wenn er auf einem Forschungsschiff ist, ist das für mich am Schlimmsten. Dann sehen wir uns wochenlang nicht, aber auch die kleineren Exkursionen wie Mittelmeer oder die Ostsee bedeuten, dass er nicht so viel Zeit für mich hat.

Im Moment ist er auf jeden Fall mal wieder im Ländle und da möchte ich ihn natürlich schon regelmäßig sehen. Und ehrlich gesagt verstehe ich einfach nicht, dass er nicht sofort bei mir aufschlägt, wenn er in der Nähe ist.

Ich muss ihn unbedingt treffen. Er hat das Talent, Ruhe in alles zu bringen und sicher eine Idee oder zumindest eine objektive Sichtweise auf das Chaos in meinem Leben. Das war er ja von Anfang an gewöhnt. Eigentlich wollte ich ihn nicht anrufen, aber was soll's. Ich pfeif auf meinen Stolz. Gibt's da nicht auch einen Schlager, in dem die Frau das auch so sieht? „Jetzt ruf i ihm an in meim Schmerz." Das war mal so ein bayrisches Lied in den Achtzigerjahren. Schon irgendwie schrill, dass mir immer an den unpassendsten Stellen Schlagertexte einfallen und damit können auch nicht alle meine Freunde umgehen. Stevie schon.

Er ist ein sensibler Mann mit viel Einfühlungsvermögen. Er ist immer für mich da. Sagt er zumindest. Er hat keine Ahnung von Pferden, aber er kennt sich mit Problemen aus, mit verfahrenen Situationen und mit Missverständnissen.

Ich rufe ihn an. Das Telefon klingelt.

Er drückt mich schon wieder weg. Allmählich mache ich mir Sorgen. Nein, ich will das nicht überbewerten. Irgendwas ist sicher los. Ich schreibe ihm jetzt halt einfach eine WhatsApp „Ruf mich zurück".

Es dauert eine Dreiviertelstunde, bevor er sich meldet. Eine Dreiviertelstunde, in der ich verzweifelt versuche, das Kopfkino auszuschalten, das mir einreden will, dass sich niemand für mich interessiert, und ein Gefühl, das meine Verlassenheitsängste schon wieder schürt. Alles Blödsinn, sage ich mir, kurz bevor das Telefon klingelt, er ist ja kein Notarzt, aber ich bin erleichtert, dass meine Qual ein Ende hat, und er nun endlich dran ist.

„Ich muss dich sehen. Amanecer treibt mich in den Wahnsinn. Ich weiß echt nicht mehr, was ich machen soll. Pferde sind Lauf- und Fluchttiere, aber, sobald ich drauf sitze, läuft er nicht mehr. Er bewegt sich keinen Millimeter mehr vorwärts und, wenn ich massiver werde, fängt er an zu bocken. Es muss an mir liegen. Was mache ich falsch?"

Es gibt einen für mich endlos langen Moment der Stille. Ich merke, wie das Übelkeitsgefühl zurückkommt.

Dann meint Stevie, dass er dazu nichts sagen kann und dass wir später darüber reden, er sei gerade in einer Besprechung.

Ich bin frustriert. Er sieht nicht, wie verzweifelt ich bin. Er nimmt sich nicht einmal fünf Minuten Zeit für mich. Ich werde ihn nicht wieder anrufen. Er ist jetzt dran.

Zwei Tage später hat er sich immer noch nicht gemeldet. Ich will nicht wieder mein Kopfkino starten. Es ist, wie es ist. Ich werde keinen Druck aufbauen, das habe ich ihm versprochen. Ich werde nichts wollen, was er nicht auch will.

Ich kann Übergriffigkeiten überhaupt nicht verputzen. Ich habe zu oft selbst darunter gelitten. Mein Vater beispielsweise ließ nie den geringsten Zweifel darüber, was er von mir erwartete. Und da gab es auch absolut keinen Widerspruch. Ich werde also warten und mich bemühen, geduldig zu sein. Um Himmels Willen keine Vorwürfe.

Ich halte das noch einen ganzen Tag durch, aber dann fange ich doch an, mir Sorgen zu machen und das Kopfkino läuft schon wieder auf Hochtouren. Was, wenn nun etwas passiert ist? Wenn es ihm nicht gut geht? Ich habe ein ganz schlechtes Gefühl. Hoffentlich hat es nichts mit mir zu tun. Habe ich irgendetwas Falsches gesagt? Ist er sauer auf mich? Nein, so fühlt es sich nicht an. Aber irgendetwas ist los. Es geht ihm schlecht. Das weiß ich. Hoffentlich ist er nicht im Krankenhaus. Ich halte das echt nicht mehr aus. Die Ungewissheit ist grauenhaft. Ich muss irgendetwas tun.

Ich glaube, ich rufe Dirk an, seinen besten Freund. Ja, das ist gut! Und es muss ganz beiläufig klingen. Ich frag ihn einfach, wie es ihm geht und was er so macht. Lange nichts gehört. Sowas in der Art. Und von Stevie hört man auch nichts mehr. Ich dachte schon, ihr beiden seid auf den Mars geflogen. Genauso mache ich das.

Ich suche die Nummer raus, einen kurzen Moment zögere ich. Soll ich das wirklich durchziehen? Egal, so geht's jedenfalls nicht weiter. Ich muss auch an mich denken. Also wähle ich die Nummer.

Dirk ist gleich am Telefon. Er ist ein bisschen überrascht, aber er scheint sich zu freuen. Wie geplant frage ich ihn, wie es so aussieht und ob alles rund läuft. Es geht ihm gut. Alles paletti. Viel los. Und Stevie? Von dem hört man auch nichts mehr. Super, alles bestens. Sie haben gestern eine Kneipentour gemacht. Ein, zwei Bier zu viel, aber es war lustig. Selten so gelacht.

Ich bin am Boden zerstört. Unter großer Anstrengung sage ich „Das freut mich. Hab einen schönen Tag."

Eine halbe Stunde später ruft Stevie an. Er klingt irritiert. „Du hast Dirk angerufen. Was ist los?"

„Nichts Besonderes", stammle ich, „Ich wollte nur mal hören, wie es euch geht."

Er faselt etwas von viel Arbeit und dass er sich, sobald er ein paar Dinge geregelt hat, meldet.

Ich könnte heulen.

Es dauert drei Tage, bis er zurückruft. Drei Tage, in denen ich mir klar mache, dass es in meinen menschlichen Beziehungen eine Parallele gibt zu der Beziehung mit meinem Pferd. Ich will doch gar nichts. Ich bin zutiefst harmoniesüchtig und setze niemanden unter Druck. Nichtsdestotrotz scheinen im Moment alle zu erstarren und abzutauchen. Warum? Bin ich ihm nicht einmal ein kurzes Gespräch wert oder einen Smiley auf WhatsApp?

Wie immer, wenn ich mich allein gelassen fühle, flüchte ich. Wie ein Pferd halte ich es nicht mehr aus, an einem Ort zu bleiben, an dem ich unglücklich bin. Ich will auch nicht mehr dauernd auf mein Handy starren und mir leidtun, weil er sich nicht meldet und mich offenbar nicht sehen will. Und vor allem will ich ihn nicht nerven. Ich bin im Moment viel zu emotional. Das weiß ich. Besser, wenn ich erst mal abtauche.

Ich muss weg, allein sein, nachdenken und vor allem mein Gleichgewicht wiederfinden. Ja, Gleichgewicht ist ein zentraler Faktor. Früher habe ich viel meditiert. Das ist in letzter Zeit sehr in den Hintergrund gerückt. Mein Leben ist einfach im Moment viel zu stressig.

Mir fällt der Baum oben am Waldrand ein, unter dem ich immer so gerne gesessen habe, wenn ich nachdenken musste. Eine uralte Eiche, die schon viel gesehen hat in ihrem langen Leben. Sie strahlt genau das aus, was ich brauche: Weisheit, Ruhe und Gelassenheit. Das Handy bleibt auf dem Schreibtisch. Soll er zurückrufen oder auch nicht. Ich beruhige mich bei dem Gedanken, eine Entscheidung getroffen zu haben und spüre bei jedem Schritt im Wald, wie meine Kraft zurückkehrt und ich mich beruhige.

Die Eiche, ist riesig, uralt und wunderschön. Sonnenstrahlen fallen durch die Äste. Ich schließe die Augen. Ich höre den Wind in den Blättern und das Zwitschern der Vögel. Irgendwo, etwas weiter weg, klopft ein Specht. Ab und zu raschelt es im trockenen Laub. Wahrscheinlich eine Amsel, vielleicht auch eine Maus. Ich werde immer ruhiger und bitte um Hilfe, darum, aus meiner Erstarrung herauszukommen, und plötzlich tauchen Farben auf: Weiß und Rosarot. Dann kommen die ersten Bilder: ich stehe an einem einsamen

Platz mitten in einer tropischen Umgebung, eine Art Urwald. Kein Mensch ist zu sehen. Ich bin ganz allein. Dann höre ich Geräusche, die Schreie von Papageien, die mir sagen, du bist gar nicht ganz allein. Ein leichter Wind kommt auf und die Zweige der Bäume rauschen, als ob auch sie sagen wollten: „Wir sind auch da."

Ich breite die Arme aus und richte meinen Blick zur Sonne. Ich nehme ihre Strahlen mit meinem ganzen Körper auf und bin plötzlich von einer starken Energie erfüllt, wie eine Batterie, die mich mit Liebe und Kraft auflädt. Meine Stabilität und mein Mut kehren zurück. Ich fühle die Verbundenheit zu allem, was ist. Ich bin nicht allein. Ich war es nie. Das weiß und fühle ich jetzt. Dieser Dschungel mit seinen Tieren und Pflanzen und den wärmenden Strahlen der Sonne ist wie ein sicheres, gemütliches Nest. In der Natur ist alles mit allem verbunden. Alles ist richtig, wie es ist und hat seinen Platz und seine Zeit. Alles hat seinen Sinn.

Ich fühle, wie die Kraft der Pferdefrau, die Amazone in mir, zurückkehrt. Auch wenn ich mit Amanecer gescheitert bin, ändert es nichts an den Erfahrungen und der Stärke, die ich durch die unzähligen Pferde gewonnen habe, denen ich mein Leben gewidmet habe, und auch Amanecer erweitert mein Repertoire im Umgang mit Problempferden.

Nichts ist umsonst. Vielleicht ist mein ganzes Problem nur wieder der Mangel an Geduld? Ich weiß doch auch, dass die schwierigsten Pferde die intelligentesten und besten sind und mich auf meinem Weg voranbringen. So ähnlich ist es sicher auch mit den Menschen, auch wenn dies jetzt noch Neuland für mich ist, denn den Menschen bin ich so gut es ging ausgewichen. Die waren mir immer unverständlich, ein viel zu schwieriges Rätsel. Ich habe mich den Pferden zugewandt, die ehrlich, geradlinig und für mich voraussehbar sind. Bei ihnen habe ich mich wohlgefühlt. Sie waren jahrelang meine Übungsplattform. Das Kapitel „Umgang mit Zweibeinern" hatte ich vorläufig zurückgestellt.

Menschen waren für mich immer schwierig, oft eine Enttäuschung und so habe ich ihnen auf Grund meiner Erfahrungen meistens misstraut. Ich wusste nicht wirklich, woran ich war und was an ihren Geschichten ehrlich war. Sie haben mich oft verletzt und im Stich gelassen, und ich frage mich manchmal, was zuerst da war: die Henne oder das Ei – die unehrlichen Freunde oder meine Unfähigkeit, Vertrauen zu haben.

Das soll und muss sich jetzt ändern. Ich werde etwas unternehmen.

KAPITEL 3

Ich weiss ganz genau, dass mein Pferd mit mir kommuniziert und mir etwas spiegelt, mich auf einen Fehler, den ich mache, hinweist. Ich spüre auch ganz deutlich, dass das Ganze mit männlichen Energien zu tun hat, Energien, die ich beim Aufbau meines Reitzentrums entwickeln musste, um zu überleben. Ich bin hart geworden. Männer haben mir sehr wehgetan. Deshalb beiße ich sie weg und habe mir einen Panzer zugelegt. Deshalb habe ich die ganzen Jahre allein gelebt. Nie mehr wollte ich mich so verletzen lassen.

Bis Stevie kam. Er krachte wie eine Bombe in mein Leben, ohne Vorwarnung und, was das Schlimmste war, ohne die leiseste Ahnung davon, wie sehr er mein Leben verändert hatte. Ich hatte von Anfang an das Gefühl, dass wir wie Dualseelen sind und uns ohne Worte verstehen. Ich bin allerdings eher auf Distanz gegangen und habe mich reaktiv verhalten. Mache ich das mit Amanecer nicht genauso? Ist das womöglich falsch?

Ich wollte ihm auf gar keinen Fall auf die Nerven gehen und ich redete mir zumindest ein, das ganz gut hingekriegt zu haben. Ich habe immer ganz genau gewusst, was die Menschen von mir erwarten. Zumindest glaube ich das bis heute.

Stevie erwartet, dass wir Spaß miteinander haben und das ist sehr gut. Für Spaß war wirklich in den letzten Jahren wenig Platz in meinem Leben.

Ich habe ihm viel von mir erzählt, Dinge, die nicht einmal meine engsten Freunde wissen. Er hat mir immer das Gefühl gegeben, sich für mich zu interessieren und mich zu verstehen. Ich habe keine Ahnung, warum das so ist, aber zu ihm hatte ich von der ersten Sekunde an Vertrauen. Wenn ich irgendein Problem hatte, war er für mich da, aber dass er ausgerechnet jetzt abtaucht, hat mich im ersten Moment wirklich verletzt.

Er schien gar nicht richtig zugehört zu haben und nicht zu verstehen, wie festgefahren ich bin und wie sehr mich das aufregt. Er versteht auch nicht, dass es dabei im Grunde genommen gar nicht um ein Reitproblem oder womöglich Sport oder Hobby geht. Er sieht einfach überhaupt kein Problem.

Wenn ich ihn gefragt hätte, wie man Fotos über wetransfer verschickt oder Winterreifen wechselt, hätte er mir das sicher in zwei Minuten erklärt. Ich beginne einzusehen, dass er gar nicht verstanden hat, worum es eigentlich geht und mir deshalb auch nicht helfen kann. Ich muss mir von anderer Seite Hilfe suchen. Am besten auch gar nicht von einem Mann.

Der meditative Moment unter meiner Eiche hat mir gezeigt, dass es dumm von mir ist, enttäuscht zu sein, wenn er nicht so reagiert, wie ich mir das gewünscht hätte, zumal er meine Erwartungen ja gar nicht kennt. Es wird mir klar, dass die Hilfe für diesen ganz speziellen Fall von außen, von ganz anderer Seite kommen muss. Stevie hängt ja irgendwie auch mit drin in der ganzen Problematik. Das wird mir erst jetzt richtig klar. Ich brauche einen neutralen, außenstehenden Helfer, besser noch eine Helferin, die mir zeigt, dass alles gut ist und dass ich alles habe, was notwendig ist, um das Problem selbst zu lösen. Selbstzweifel sind jedenfalls kein brauchbarer Lösungsansatz.

Die Amazone in mir weiß, dass ich als Frau starke Kräfte habe, aber je mehr ich darüber nachdenke, umso bewusster wird mir, dass Amazonen im Grunde genommen in Stämmen organisiert sind. Sie sind keine Einzelkämpferinnen. Ich brauche Hilfe von Frauen, die an mir und der Lösung des Problems interessiert sind, Frauen, die Mut und besondere Fähigkeiten haben.

Blockaden, wie ich sie im Moment zu haben scheine, sind nicht im Alleingang oder mit Gewalt zu lösen. Oft hilft es, ein bisschen in eine andere Richtung zu denken, abzuwarten und loszulassen. Dass ich mit Morgana und Anna in Kontakt getreten bin, war schon ein guter Ansatz. Und eigentlich bin ich dadurch auch schon ein kleines Stückchen weitergekommen.

Um Hilfe zu bitten, ist mir immer sehr schwergefallen. Auch einfach mal abzuwarten und sanft zu werden, fiel mir oft schwer. Für mich bedeutete das, mich verletzbar zu machen. Da streiten sich irgendwie Yin und Yang in mir.

Außerdem bin ich immer schon sehr schnell in allem. Passivität, Abwarten und Tee trinken sind so gar nicht mein Ding, denn die Amazone in mir gibt keine Ruhe. Die Situation, so wie sie im Moment ist, ist unerträglich, festgefahren, und Stagnation treibt mich in den Wahnsinn. Ich brauche Aktivität, Veränderung. Und warum mit dem Schwierigsten anfangen? Wenn man irgendeine Komponente ändert, ändert sich ja das ganze System.

Ein Ortswechsel wäre gut, das weiß ich. Die Pferde machen mir das ständig vor. Sie bleiben niemals an einem Ort, an dem sie sich unwohl fühlen, und das ist das Einfachste, was sich sofort ändern lässt. Ich kann ja im Grunde genommen machen, was ich will. Wie außen, so innen. Aber wohin? Ich brauche jetzt definitiv den richtigen Riecher, eine Inspiration.

Klar habe ich jede Menge Freundinnen, wobei für das wirklich Eingemachte nicht viele in Frage kommen. Früher war ich schon einmal viel entspannter und weiser. Ich habe in der Zeit, bevor ich das Barockreitzentrum ins Leben gerufen habe, viele spirituelle Reisen und jede Menge Workshops und Ausbildungen gemacht. Nach Indien zu Sai Baba, nach Ägypten zu den Pyramiden, nach New Mexico ins Lightinstitute oder nach Finnland, zu meiner finnischen Freundin

Kanerva, mit der ich, solange sie als Tieftrance-Medium gearbeitet hat, durch die Welt gereist bin.

Ja klar, Kanerva. Wieso fällt mir das erst jetzt ein? Sie ist wirklich eine weise Frau mit unglaublichen Fähigkeiten, mit der ich mich schon immer eng verbunden gefühlt habe und die mich seit Jahren kennt, wie niemand sonst. Wieso bin ich darauf nicht gleich gekommen? Sofort fühle ich mich leicht und beschwingt. Finnland fühlt sich gut an. Das ist es. Das ist die richtige Entscheidung. Ich kann mit ihr viel besser über diese ganz persönlichen Dinge reden als, wenn ich zu einem Fremden oder in ein Seminar gehen würde. Ich muss sie anrufen und ich hoffe, dass sie Zeit hat.

Keine drei Tage später sitze ich im Flugzeug Frankfurt-Helsinki.

Kanerva freut sich. Sie hat schon mit meinem Anruf gerechnet. Seit ein paar Jahren hat sie ihre Stadtwohnung auf-gegeben und wohnt in der Nähe von Virolahti, einem kleinen Ort nahe der Grenze zu Russland. Dort leben weniger als acht Einwohner pro Quadratkilometer und ein Drittel der Fläche von Virolahti ist Wasser. Kanerva lebt ganz abgeschieden und sehr einfach in einem kesämökki, was auf Finnisch so viel heißt wie Sommerhütte, also so eine Art Holzhütte wie in den Schweizer Alpenregionen, mit dem Unterschied, dass sie immer – Sommer wie Winter – in dieser Hütte lebt, also nicht nur in den Sommerferien wie die meisten anderen Finnen, die in der Stadt wohnen und nur für den Urlaub ein kesämökki haben.

Kanerva holt mich vom Flughafen Helsinki-Vantaa ab. Sie ist einige Jahre älter als ich, aber ich hatte immer das Gefühl, dass wir gleich alt sind, oft sogar, dass ich die Ältere bin. In den USA wurden wir oft von Fremden angesprochen und gefragt, ob wir Schwestern sind, später sogar, ob wir Zwillinge sind. Zuerst haben wir das verneint, aber, da sich die Anfragen häuften, haben wir uns einen Spaß daraus gemacht und einfach bestätigt, dass wir Zwillinge sind. Irgendwann haben wir dann angefangen uns die gleichen Kleider zu kaufen und die gleiche Frisur zu tragen. Wir fanden das sehr lustig.

In letzter Zeit haben wir uns ein bisschen aus den Augen verloren, weil sie nicht mehr fliegen will und daher nicht mehr zu mir nach Deutschland gekommen ist und weil ich auch mit der ganzen Arbeit und Verantwortung im Barockreitzentrum einfach keine Zeit für private Unternehmungen mehr hatte.

Sie freut sich aber umso mehr, dass ich sie besuchen komme. Früher haben wir ganz viel Zeit miteinander verbracht. Sie war schon oft bei mir. Sie hat sogar wochenlang bei mir gewohnt und später kam sie immer zweimal im Jahr für Konzerte und Gruppensitzungen nach Stuttgart und später nach Heimsheim. Wir kennen uns nun fast vierzig Jahre, eine lange Zeit, und sie kennt natürlich auch meine Pferde, aber ich habe es interessanterweise noch nie zu ihr nach Hause geschafft, obwohl ich sie schon oft in Finnland besucht habe. Das war allerdings immer auf Messen über Geistheilung oder paranormale Phänomene, oder bei irgendwelchen Freunden in Helsinki oder Tampere, wenn sie quer durch Finnland reiste, nie aber bei ihr zuhause. Ich bin total gespannt, wo sie wohnt, und ich bin sehr froh, dass ich hergekommen bin.

Das wenigstens fühlt sich endlich richtig an.

Ich liebe Finnland mit seinen klaren Farben, wobei Blau und Weiß irgendwie dominant sind. Wie die finnische Fahne. Das Licht scheint hier strahlender und heller zu sein als bei uns, genau wie der Himmel, der im Sommer in ein ganz besonderes, leuchtendes Blau getaucht ist, oft mit kleinen weißen Schäfchenwolken.

So ist es auch heute und das ganz besondere Finnlandgefühl von Einfachheit, Ehrlichkeit und Klarheit stellt sich bei mir ein. Hier komme ich ganz schnell zur Ruhe. Die Finnen kennen keinen Stress. Alles geht seinen endlosen, geduldigen Gang und die Stimmung dabei ist zufrieden, familiär und heiter.

Nach ungefähr zwei Stunden Fahrt zuerst am Meer entlang, dann durch endlose finnische Wälder, biegen wir in einen Waldweg ein. Wir kommen an zwei kleinen Hütten vorbei, bevor wir dann einen See entlangfahren, den wir fast ganz umrunden, bevor wir erneut an zwei Holzhütten kommen. Die größere ist Kanervas Wohnhaus, die kleinere, so erklärt sie mir, die Sauna.

Die vorderen Hütten, an denen wir vorbeigefahren sind, gefühlte fünf Kilometer entfernt, gehören Kalle, einem guten Freund von ihr und ihrem einzigen Nachbarn.

„Hihi“, muss ich innerlich grinsen, Nachbarschaftsstreitereien gibt es hier wohl eher nicht. Ich hatte viele Jahre eine Hausverwaltung und da habe ich so allerlei kennengelernt, worüber sich der Schwabe streiten kann. Dass man sich ärgert, weil die Kehrwoche nicht gemacht wurde, würde einem Finnen in seinem kesämökki vermutlich vollkommen lächerlich, wenn nicht sogar absolut unverständlich vorkommen. Naja, mitten im Wald stören ein paar Blätter ja auch nicht wirklich.

Aber jetzt bin ich erst einmal sprachlos, was bei mir eher selten vorkommt. Ganz so einsam und mystisch hätte ich mir das nicht vorgestellt, ist doch der eigentliche Grund meiner Reise, Blockaden vor allem meinen Mitmenschen gegenüber abzubauen, also eigentlich mehr auf Menschen zugehen zu lernen, und einige der Schutzwälle abzubauen, die ich um mich errichtet habe. Andererseits verlief mein Leben, seit ich denken kann, immer in Extremen und vielleicht brauche ich ja genau diese Einsiedelei, um die Vorzüge menschlicher Gemeinschaft schätzen zu lernen. Keine Ahnung. Zuhause bin ich ständig von Menschen umringt, die mich überfordern und an mir zerren. Vielleicht ist es genau der Versuch, allem und jedem gerecht zu werden, der mich so frustriert und blockiert.

Es ist nicht einfach und auch nicht immer möglich, es allen recht zu machen. Aber Kopfkino aus jetzt, Geduldsübung. Wir werden ja sehen.

Der Abend mit Kanerva ist schön. Es gibt das finnische Nationalgericht, ruislepä, das runde dunkelbraune Roggenbrot, das ich so gerne esse, Käse, der in dünnen Scheiben vom Laib abgeschabt wird und die ultimativen süßsauren Felix kurkuja, die tausend Mal besser sind als unsere deutschen Essiggurken und die auf dem Käsebrot wirklich ganz besonders gut schmecken, weil sie ein bisschen süßlich sind. Zum Trinken gibt es mustaherukka teetä, also schwarzen Johannisbeertee von Lipton, den man unverständlicherweise nur in Finnland kaufen kann und der in meinen Augen der beste Tee ist, den es überhaupt gibt.

Kanerva hat ihn extra besorgt, weil sie weiß, dass das mein absoluter Lieblingstee ist, einfach göttlich die Kombi und natürlich punajuuri salaattia, rote Beete Salat in Sauerrahm.

Es ist dunkel, wir sitzen am Kamin. Das Feuer knistert im Kamin, sonst ist es totenstill. Meine Gedanken kreisen um mein Problem, das ich nicht so richtig in Worte fassen kann.

Kanerva schaut mich fragend an.

Ich fange mit dem Greifbarsten an und erzähle ihr von Amanecer, den ich so sehr liebe und der mich absolut auflaufen lässt. Er ist unberechenbar, unkontrollierbar und gefährlich. Mit seinem Bocken bringt er mich in ein altbekanntes Verlorenheitsgefühl und weckt meine Urangst, allein, verlassen und orientierungslos zu sein. Ich kann nicht verstehen, warum ich das Problem nicht in den Griff kriege.

Anna meint, ich soll mich nicht länger mit ihm rumärgern. Es gibt jede Menge Pferde und es gibt ganz sicher viel Einfachere, die keine Probleme machen. Trotzdem will und kann ich mich nicht von ihm trennen. Ich habe das Gefühl einer

Seelenverwandtschaft, einer ganz engen Verbindung, und ich weiß, dass er ein extrem intelligentes und begabtes Pferd ist. Es kann doch nicht sein, dass ich mich so in ihm getäuscht habe. Ich frage mich, ob er krank ist oder ob ich etwas falsch mache.

Kanerva sieht mich an mit diesem Blick, der ins Nichts geht und sagt nur: „Du bist also wegen eines Pferdes den weiten Weg hierhergekommen?"

Ich zucke zusammen. Versteht sie mich auch nicht?

Sie fixiert mich weiterhin und plötzlich erzähle ich ihr von Stevie, der nicht nur die schwarze Mähne und den großen Kopf mit Amanecer teilt, wie er selbst immer sagt, sondern sich, wie mein Pferd immer wieder völlig unverständlich benimmt und mich damit irritiert. Einen Tag ganz liebevoll und offen, am nächsten Tag taucht er einfach ab, und ich habe das Gefühl, ignoriert zu werden. Manchmal scheint er mich dann komplett zu vergessen und auch keinerlei Anstalten zu machen, mich sehen oder auch nur in irgendeiner Form mit mir in Kontakt treten zu wollen. Ich fühle mich ungewollt, missverstanden und bin entsetzlich traurig, weil ich nicht weiß, was ich falsch gemacht habe.

Kanerva schaut mich durchdringend an und sagt: „Aha!"

Endlos lange Pause, sie scheint in eine andere Welt eingetaucht zu sein, dann schaut sie mich an. „Dieses Verlassenheitsgefühl kennst du gut, stimmt's?"

Ich blicke auf, bekomme eine Gänsehaut und mir wird schon wieder schlecht. „Eigentlich nicht, erst seit Stevie in mein Leben gekommen ist."

Oder doch? Sie hat recht. Ich habe keine Geschwister und war eigentlich immer allein. Früher hat mich das aber nicht gestört. Ich war gerne allein. Ich war es gewöhnt.

Als ich sage, dass ich mich nie alleine gefühlt habe, bevor ich ihn kennengelernt habe und ganz im Gegenteil sogar sehr gerne allein war, jedenfalls viel lieber als mit Leuten zusammen zu sein, die mir nichts bedeuten, meint sie: „Das stimmt und auch wieder nicht."

Sie sieht mich als ganz kleines Kind allein in einem weißen Zimmer. Ich weine und fühle mich von Gott und der Welt verlassen. Ich sehe das Bild plötzlich auch vor meinem inneren Auge und da fällt mir eine Geschichte ein, die meine Mutter mir erzählt hat.

„Ja, du hast recht. Als Kleinkind mit ungefähr anderthalb Jahren war ich schwer krank. Ich konnte nichts bei mir behalten. Meine Mutter versuchte es mit Tee, den ich sofort wieder erbrach. Die Diagnose war azetonämisches Erbrechen, das nach damaliger Ärztemeinung bei vegetativ labilen Kleinkindern vorkommt. Der Arzt machte meinen Eltern die größten Vorwürfe, wie lieblos sie mit mir umgegangen sein mussten und sagte ihnen, das sei alles allein ihre Schuld. Er verbot ihnen, mich zu besuchen, und so war ich ungefähr eine Woche lang allein in einem Kinderkrankenhaus in Stuttgart. Als mich meine Eltern abholten, waren sie schockiert, wie verwahrlost und apathisch ich war. Ich konnte wohl auch nicht mehr laufen. Vor dem Krankenhausaufenthalt hatte ich das gekonnt."

Ich unterbreche meinen Redefluss und bin plötzlich total aufgewühlt.

Ich konnte nicht mehr laufen und war apathisch. Wow! Amanecer läuft auch nicht mehr und reagiert nicht mehr auf mich. Stevie zeigt keine Eigeninitiative und reagiert nur reaktiv und schleppend auf mich. Was bedeutet das alles?

Tränen treten in meine Augen. Die Erinnerung an die Krankenhausgeschichte und das Verlassenheitsgefühl, das ich damals empfunden habe, überfluten mich wie eine Welle. Ich fühle mich kraftlos, hilflos, im Stich gelassen. Gut, dass Kanerva da ist. Ihr kann ich vertrauen. Sie lässt mich nicht im Stich.

„Wie geht's dir jetzt?", fragt sie. „Soll ich uns einen Tee machen?"

Aus dem Medium mit dem Blick in die Unendlichkeit ist wieder meine Freundin geworden, die mich ansieht und mich liebevoll anlächelt.

„Tee wäre schön", höre ich mich sagen. „Ich hatte gerade eine unglaubliche Erkenntnis: ich war damals vollkommen apathisch und konnte nicht mehr laufen. Amanecer reagiert nicht mehr auf mich, lässt sich nicht mehr kontrollieren und läuft ebenfalls nicht mehr. Und Stevie, mein Freund, taucht auch komplett ab und meldet sich nicht bei mir. Er verschwindet einfach von der Bildfläche, wenn ich mich nicht melde, obwohl er mich vermisst und sehen will – das Gefühl habe ich wirklich – kommt er nicht in die Gänge. Das ist doch alles sehr seltsam, oder?"

Kanerva lächelt. „Sehr gut! Ihr habt also ein gemeinsames Trauma, ähnliche Erfahrungen, die euch erstarren lassen und euch bewegungsunfähig machen."

Ich bin kurz sprachlos „Ja, das Gefühl hatte ich schon von Anfang an, sowohl mit dem Pferd als auch mit dem Mann. Es gibt irgendetwas, das uns verbindet, allerdings fühlt sich das an, wie die Leere, ein großes graues Nichts, das uns lähmt und traurig macht. Die beiden können vermutlich manchmal nicht anders. Sie tauchen gar nicht ab, um mich zu bestrafen oder weil ich ihnen egal bin. Das habe ich bisher völlig falsch interpretiert. Aber ich bin mir sicher, dass wir uns gegenseitig helfen können. Wir verstehen uns. Wir sind irgendwie gleich. Ich tauche ja im Grunde genommen auch ab, wenn ich das Gefühl habe, die andern wollen mich nicht. Aber ich weiß, dass wir uns brauchen und guttun."

„Schön, dass du das erkannt hast. Du weißt, dass da sehr viel Liebe ist zwischen euch. Darauf kannst du vertrauen. Darauf bauen wir auf, aber du solltest dir bewusst machen, dass das

Muster, das dir bei deinem Freund und deinem Pferd auffällt und das dich offensichtlich verletzt und unsicher macht, genau das ist, was du selbst vorgibst. Die Parallele, die du ja schon erkannt hast, ist die Energie, die du selbst vorgibst."

Für einen Moment bin ich sprachlos und fühle mich angegriffen.

„Die Entscheidung, dich zu ändern, war deshalb genau die richtige. Genau wie du warten nämlich dein Mann und dein Pferd darauf, dass du ganz klar sagst, was du willst und, solange du das selbst nicht weißt, schwimmt ihr alle drei und jeder fühlt sich unsicher und missverstanden. Auch die anderen benehmen sich reaktiv. Wie Kinder."

Ich schaue in das warme Feuer im Kamin und höre das Knistern der glutroten Holzscheite. Der Duft von Kiefernholz dringt auf einmal zu mir durch. Die Wärme vom Feuer tut mir gut. Trotzdem. Es ist genug für heute. Ich habe jetzt einiges, worüber ich nachdenken muss, aber ich glaube, ich kann jetzt sogar schlafen.

„Lass uns morgen weitermachen", sage ich. „Ich muss das jetzt alles erst einmal sacken lassen."

Ich ziehe mich zurück und liege noch eine ganze Weile wach. Meine Gefühle überschlagen sich, genau wie die Bilder, die in meinem Kopf auftauchen. Ich habe schon wieder diesen Druck auf Brustkorb und Magen und einen sauren Geschmack im Mund. Das Gefühl der Verlassenheit steigt nochmals in mir hoch. Es fühlte sich an wie Bleiplatten auf meinem Brustkorb, die mir den Atem nehmen und auch auf meinem Magen liegt ein schweres Gewicht. Mir ist schlecht, Tränen laufen über meine Wangen und sind nicht mehr zu stoppen und das, nachdem sich meine Mutter ein Leben lang beschwert hat, dass sie mich nie hat weinen sehen. Und trotzdem habe ich etwas verstanden und fühle mich nicht mehr als hilfloses, missverstandenes Opfer.

KAPITEL 4

AM MORGEN BIN ICH PLÖTZLICH SEHR ruhig. Die Tränen haben aufgehört zu fließen und die ganze Krankenhausgeschichte scheint jetzt einen Sinn zu ergeben. Wir drei sitzen im gleichen Boot. Mit Vorwürfen und Enttäuschung kommen wir nicht weiter. Es geht darum, an der Ursache zu arbeiten. Natürlich weiß ich nicht, welche Traumata mein Mann und mein Pferd erlebt haben, aber ich bin mir sicher, dass wir uns alle drei spiegeln, und dass ich, wenn ich meine Blockaden löse, eine Hilfe für uns alle sein kann. Dass es sogar meine Aufgabe ist, das Problem für uns alle zu lösen.

Stevie hat schon so oft gesagt „mach dir keinen Kopf", und ich muss zugeben, das mache ich mir wirklich oft. Ich denke viel nach, wenn die Dinge nicht so laufen, wie ich mir das vorstelle. Und ich suche den Fehler zunächst einmal immer bei mir. Meine Mutter hat früher schon immer gesagt, ich solle doch nicht so ernst sein und einfach mal Spaß haben, aber Spaß ist bei mir erst dran, wenn alle Probleme gelöst sind.

Ich bleibe noch ein paar Minuten unbeweglich im Bett liegen. Kanerva ist nicht da. Komischerweise habe ich sie gar nicht gehört, als sie aufgestanden ist, und auch jetzt höre ich sie nicht. Ich höre nur das Zwitschern der Vögel. Das ist sehr schön. Es hat etwas Fröhliches, Beruhigendes. Und auch die Sonnenstrahlen, die auf den hölzernen Wänden Schatten werfen, die aussehen wie aus dem Geometriebuch in meiner Schulzeit und die lustig hin und her hüpfen.

Als ich ins Wohnzimmer komme, ist der Tisch schon gedeckt mit einer weißen Spitzendecke und einem sommerlichen Strauß mit Kornblumen und Margeriten. Roggenbrot und Marmelade stehen auch schon auf dem Tisch.

Kanerva sieht hübsch aus heute Morgen in ihrem bunten Sommerkleid und den hochgesteckten Haaren, in die sie ein paar der Sommerblumen gesteckt hat. Sie begrüßt mich lächelnd mit einem dicken Kuss auf die Wange und einem: „Hyvää päivää. Nukuitko hyvin?" Was so viel bedeutet wie: Guten Morgen. Hast du gut geschlafen?

Bei den schwierigeren Gesprächen fallen wir oft ins Englische, aber den Smalltalk führen wir gerne auf Finnisch, eine Sprache, die ich sehr liebe. Finnisch klingt wie Muttermilch für mich. Ich erinnere mich noch ganz genau an die erste Gruppensitzung, die ich bei Kanerva vor vielen Jahren hatte und die ersten beiden Wörter auf Finnisch, die ich mir damals merken konnte: „matka" — die Reise und „lapsi" — das Kind. Damals beschloss ich, diese Sprache lernen zu wollen, was gar nicht so einfach war, weil es vor vierzig Jahren in Stuttgart offensichtlich außer mir so gut wie niemanden gab, der sich für diese Sprache interessiert hätte.

Wir setzen uns an den Tisch. Es gibt die typischen tiefgefrorenen Beeren, die die Finnen im Sommer pflücken und für den Winter einfrieren. Oft sind das gemischte Beeren. Heute gibt es Waldhimbeeren, Erdbeeren und Johannisbeeren, die man dann im Joghurt isst und die sehr gesund sind und hervorragend schmecken. Die Mischung aus den sehr süß schmeckenden Erdbeeren und den eher säuerlichen Johannisbeeren ist genial und in meinen Augen ganz typisch finnisch, und Joghurt gibt es in Finnland in Literbehältern aus Karton, wie bei uns die Milchtüten.

Wir lassen uns das Frühstück schmecken, und ich bin gespannt, wann Kanerva etwas zum gestrigen Abend sagt und, ob sie eine Idee hat. Ganz sicher hat sie sich Gedanken gemacht.

Schließlich legt sie los: „Tehdään matka." — Lass uns eine Reise machen.

Ich schaue sie erstaunt an und muss lachen. Matka, mein erstes finnisches Wort, soll die Lösung bringen. Wie lustig! Ich habe den Eindruck, auch sie amüsiert sich prächtig und ist ganz begeistert von ihrem genialen Einfall, was immer da auch dahinterstecken mag. Sie strahlt wie ein Honigkuchenpferd.

„Wir fahren nach Saimaa, liebe Elke. Ich hab dir ja schon oft erzählt, wie schön es da ist. Ich war als Kind oft dort. Das wird dir gefallen. Und außerdem gibt es da eine Überraschung für dich. Ich würde gerne zwei bis drei Tage dortbleiben. Pack deine Sachen. Das wird super!"

„Lapsi" — Kind. Ich bin mal wieder geplättet, mein zweites finnisches Wort! Es kann doch nicht sein, dass sie sich daran erinnert. Das war vor vierzig Jahren, und wir kannten uns überhaupt nicht. Aber Kanerva und Zufälle passen nicht zusammen.

Ich weiß nicht, was ich denken soll, aber ist ja auch egal, irgendwie gefällt mir das. Aber vielleicht entwickle ich mich ja selbst immer mehr zum Medium. Es kommt nämlich in letzter Zeit öfter vor, dass ich an ein Wort oder eine Person denke, die dann kurze Zeit später von anderer Seite an mich herangetragen werden oder, im Fall der Personen, plötzlich vorbeikommen oder anrufen.

Ein neues Abenteuer. Ich bin ja im Grunde meines Herzens eine Zigeunerin. Ich liebe es, neue Welten kennenzulernen. Noch einmal alles auf null zurück und offen sein für etwas ganz Neues. Reisen haben mich schon immer inspiriert und mir Kraft gegeben. Kanerva weiß das.

„Das klingt spannend. Was hast du vor?"

„Gar nichts. Das wird komplett dein Ding. Du wirst sehen."

Und sie grinst schon wieder über das ganze Gesicht. Ok, ich kenne sie ja schon eine ganze Zeit. Wenn sie nicht reden will, dann wird sie das auch nicht tun. So zart und zerbrechlich sie auch aussieht, sie ist extrem willensstark und hart zu sich selbst und, wenn es sein muss, auch zu anderen. Ich werde mich gedulden müssen. Sie konzentriert sich auf den Frühstückstisch und beginnt, unsere Teller und Tassen auf ein Tablett zu stellen.

In wenigen Minuten ist der Tisch abgedeckt und ich packe meine sieben Sachen zusammen. Gut, dass ich gestern Abend keine Lust mehr hatte, alles auszupacken, und so sitzen wir schon eine Stunde später im Auto in Richtung Saimaa, das ungefähr hundert Kilometer nördlich liegt. Wir sollten so gegen Mittag dort sein.

Saimaa ist Finnlands größte Seenplatte und es muss eine wunderschöne Gegend sein. Ich war noch nie dort, habe aber schon Bilder gesehen.

Kanerva hat das Radio eingeschaltet. Das heißt, sie will nicht reden. Der erste Teil der Reise führt hauptsächlich durch Wälder. Die Straßen sind einspurig und meistens sieht man außer Wäldern nichts. Ab und zu kommen wir durch ein Dorf und an Feldern vorbei. Im Hintergrund laufen immer noch finnische Tangos, unterbrochen von den Nachrichten. Ich bemühe mich, möglichst viel zu verstehen, aber immer klappt das nicht, zumal das Radio nicht besonders laut ist, und ich schon rein akustisch nur die Hälfte verstehe. Dann kommen wir an den ersten Seen vorbei. Die Straßen werden immer schmaler und auf der Jussilansalmentie ist schließlich Ende Gelände und wir müssen die Fähre nehmen.

Die Überfahrt dauert circa zwanzig Minuten, und wir sind nun mitten in einer wunderschönen Seenlandschaft, einem verzweigten, fast mystischen Labyrinth, das von dichten Wäldern umgeben ist. Die gesunde Waldluft dringt zu uns herein, obwohl wir die Scheiben bis auf einen winzigen Spalt geschlossen haben. In einem kleinen Ort halten wir an der kyläkauppa, dem Dorfladen, an.

Kanerva scheint die Leute zu kennen. Ich soll im Wagen warten, sie kommt gleich wieder, und ich frage mich schon wieder, was das alles soll und was wir hier machen. Außer uns ist niemand zu sehen. Die Szene hat schon wieder etwas mystisch Irreales, ein Gefühl wie an einem verlassenen Filmset. Kurz darauf kommt sie mit zwei Tüten bepackt zurück und strahlt mich an. Es geht weiter und wir biegen in einen engen Waldweg ein. Nach wenigen Minuten taucht ein kesämökki auf. Das scheint unser Ziel zu sein.

„Nein", sagt sie, „da wohnt Päivi, eine frühere Schulkameradin von mir. Ihr Bruder ist Tierarzt. Er ist ein sehr netter und gebildeter Mann. Er würde dir gefallen. Er hat seine Doktorarbeit über Elche geschrieben. Ich weiß nicht, ob er da ist, da er auch oft Vorträge an anderen Orten hält. Er ist nach Saimaa gezogen, weil er seine Frau dort kennengelernt hat, und Päivi kam dann kurze Zeit später auch hierher. Die Hütte, zu der wir fahren, gehört ihrer Schwägerin, aber ich darf jedes Mal hier wohnen, wenn ich zu Besuch komme. Das mökki ist auf der anderen Seite des Sees. Bald wirst du es sehen. Es ist alt und viel kleiner als das hier, liegt aber sehr schön direkt am See. Es gibt ein Boot und man kann fischen gehen. Es gibt nur zwei Zimmer. Im Freien gibt es eine Sauna und eine Dusche, die mit Wasser vom See betrieben wird, und ein Plumpsklo in Form einer kleinen Holzkonstruktion, die wie ein Telefonhäuschen aussieht und die man verrücken kann und über ein tiefes Loch stellt, das man in den Boden gegraben hat. Drinnen ist ein Eimer mit Tannenreisig, das man dann bei Bedarf in das Loch streut."

Das kann ja heiter werden, denke ich mir.

Aber Kanerva meint: „Der Ort, auf dem das mökki steht, ist ein Kraftplatz. Du wirst wunderbar schlafen und interessante Träume haben."

Nach einigen Minuten sehe ich die Hütte. Aus der Ferne sieht sie wirklich sehr klein und dunkel aus. Als wir hinkommen, hoppelt ein Hase über den Uferweg. Das macht mir gleich wieder gute Laune. Kanerva holt den Schlüssel, der am Bootssteg versteckt ist. Sie öffnet die Tür.

Die Einrichtung ist spartanisch. Es riecht irgendwie muffig nach feuchtem Holz. Im Wohnzimmer gibt es einen Herd, der mit einer Gasflasche betrieben wird, einen Topf und eine Pfanne sowie etwas Geschirr. Nachdem wir die Fensterläden geöffnet haben, sieht es gleich freundlicher aus, auch die rotweiß-karierten Vorhänge haben etwas Fröhliches.

„Hast du Hunger?", fragt sie mich.

„Geht so", antworte ich etwas unentschlossen.

„Umso besser", meint sie. „Lass uns fischen gehen."

Ich glaube das jetzt echt nicht, sage aber lieber mal nichts. Meine Reisetasche stelle ich ins Schlafzimmer, wo es ein großes hölzernes Ehebett gibt. Wird ja immer besser, denke ich mir. Das Zimmer riecht auch etwas muffig. Ich reiße die Fenster auf und stelle meine Reisetasche in die Ecke auf die Holzdielen.

Kanerva verliert keine Zeit. Sie ist schon draußen und macht das Boot klar. Ich bin überrascht, wie flink und geschickt sie damit umgeht, und so rudern wir bald über den See und angeln muikkuja, den wichtigsten Speisefisch Finnlands, die kleine Maräne. Schweigend sitzen wir im Boot. Die Wellen bringen das kleine Boot leicht zum Schaukeln und das erzeugt einen lustigen Plätscherton, auf den ich mich konzentriere. Kanerva redet nämlich mal wieder nicht. Sie ist erfolgreicher mit ihren Angelkünsten, aber einen Fisch fange ich doch. Das freut mich. Gegen die fünf, die sie fängt, komme ich natürlich nicht an. Sechs Fische scheinen genug zu sein, denn plötzlich beginnt sie zu reden: „Was hast du gelernt?"

Ohne nachzudenken, sage ich: „Dass du besser angelst als ich."

„Und woran liegt das wohl?"

„Du bist Finnin!"

„Das interessiert die Fische nicht"

„Ich weiß es ehrlich gesagt nicht. Ich hab noch nie geangelt. Was soll ich sagen?"

„Du reitest doch. Was machst du beim Reiten?"

„Ach so. Reiten ist für mich Meditation. Ich werde leer, ich werde irgendwie zum Pferd. Wir verschmelzen."

„Siehst du, du weißt doch, wie es geht. Ist beim Fischen nicht anders."

Augenzwinkernd und schweigend rudert sie zum Ufer zurück und ich habe wieder etwas zum Nachdenken.

Nach dem Essen setzen wir uns mit einer Tasse heißen Wassers vor die Hütte und blicken auf den See. Während unserer Konzert- und Seminarreisen, auf denen ich für Kanerva übersetzt habe, hatten wir immer zwei große Pumpkannen mit schwarzem Tee und heißem Wasser dabei, da der Tee nach einiger Zeit ziemlich bitter wurde.

Ich konnte das auf einmal nicht mehr trinken und trank auch keinen verdünnten Tee mehr, sondern nur noch heißes Wasser. Irgendwann trank auch sie nur noch heißes Wasser.

In den Konzerten in Tieftrance singen die verschiedensten Sänger und Sängerinnen durch Kanerva. Die Moderation wird immer von einer der Trancepersönlichkeiten, einem jungen Mädchen gemacht, die sich Rebekka nennt und die Kanerva als ihr *Instrument* bezeichnet, ein Instrument, das sie von allen, die durch sie reden oder singen, am besten bedienen kann. Das heißt, sie kann nicht nur reden und gehen, sie malt auch, geht schwimmen, isst und trinkt. Rebekka liebt im Gegensatz zu Kanerva Süßigkeiten. Sie erzählt das auch auf den Konzerten und bekommt so fast immer Schokolade von den Besuchern, sehr zum Ärger von Kanerva, die dann oft einen süßen, für sie absolut widerlichen Geschmack im Mund hat, wenn sie aus der Trance kommt.

Einmal in einem Konzert stand Rebekka auf der Bühne und eine Dame in der Schweiz brachte ihr eine Tüte Sahnetrüffel. Sie bedankte sich und meinte: „Thanks so much. I love chocolate. First, I got hot chocolate. Then it was only tea. Now I get hot water. Wonder what comes next."

Die warmen Sonnenstrahlen, die mir durch die Bäume direkt ins Gesicht fallen, reißen mich aus meinen Erinnerungen. Ich höre die Wellen, die sanft ans Ufer rollen, und den Wind. Ab und zu singt ein Vogel.

„Was hast du gelernt?", fragt mich Kanerva plötzlich.

Im ersten Moment weiß ich gar nicht, was sie meint, weil ich in Gedanken immer noch bei unserem Konzert in Zürich bin. Aber im Moment geht es ja gar nicht um heißes Wasser und Schokolade, sondern um erfolgreiches Fischen. Ich sollte eins werden mit den Fischen hat sie gesagt. Mich auf sie konzentrieren.

„Ich muss leer werden und mich bewusster auf den anderen einlassen ohne Wertung, ohne Erwartungshaltung."

„Sehr gut. Das ist der erste Schritt", antwortet sie.

„Aber ich verstehe immer noch nicht, warum wir hier sind. Fische gibt es doch auch bei dir."

„Geduld ist nicht deine Stärke, was? Geduld ist die Vorstufe von Leerwerden."

Ich atme. Sie hat recht. Einatmen, ausatmen. Nicht so viel denken.

„Man kann nicht nur einatmen, sonst wird man krank. Das Problem der Asthmatiker. Du kannst nicht immer kämpfen und etwas erzwingen wollen durch deine Hyperaktivität."

Ich bin viel zu schnell für den Rest der Welt. Das war schon immer mein Problem. Ich habe immer das Endergebnis vor Augen. Ich muss lernen, Zwischenschritte zu machen, abzuwarten und geduldiger zu werden. Die Antwort meiner Umgebung abwarten. Ich bin nicht allein auf der Welt. Ich bin umgeben von anderen. Von Helfern, Freunden, Engeln, Menschen, die mir wohlgesonnen sind, und vielleicht sollte ich etwas von den Japanern lernen, die absichtlich kleine Fehler in ihre Arbeiten machen und damit ausdrücken, dass sie nicht so arrogant oder vielleicht auch ignorant sein wollen, um besser sein zu wollen als Gott. Die Perfektion, die ich immer anstrebe, gilt in Japan als Schwäche und großer Fehler.

Genug gekämpft. Die Situation mit Amanecer fällt mir wieder ein. Ich hatte es geschafft, dass er sich entspannt hat und den Kopf fallen gelassen hat, als ich ihn vor drei Wochen einen Moment lang in Ruhe gelassen habe. Er kam mir entgegen. Und was habe ich gemacht? Anstatt abzuwarten und zu erkennen, dass ich ein sehr gutes Zwischenergebnis erreicht hatte, habe ich erneut Druck gemacht. Druck, der ihn zum Explodieren gebracht hat.

Ich habe das selbst ausgelöst mit meiner Ungeduld.

Und als Anna da war, wusste ich ebenfalls ganz genau, dass das erzwingen wollen zu nichts führt, aber weil ich konfliktscheu bin und mich nicht mit ihr streiten wollte, habe ich es vorgezogen, die Arbeit der letzten Wochen zu opfern und lieber sie gegen die Wand fahren zu lassen mit ihrem Vorschlag, als selbst die Böse zu sein. Das war im Grund genommen eine Mischung aus Faulheit und Feigheit, also alles andere als eine Heldentat. Ich hatte Anna ja bereits meine Einschätzung der Situation mitgeteilt, aber sie konnte es nicht nachvollziehen. Da ich wirklich meistens schon zwei Schritte weiter bin als der Rest der Welt, dachte ich mir einfach, dass wir am schnellsten weiterkommen, wenn ich nicht diskutiere, sondern sie die Erfahrung machen lasse, von der ich bereits weiß, wie sie aussieht. Mir war klar, dass Amanecer nicht mitspielen und vollkommen blockieren würde.

KAPITEL 5

„Ich habe eine Aufgabe für dich", sagt Kanerva und durchbricht damit die Endlosschleife meiner Gedanken. „Setz dich auf den Steg hier und warte, bis drei Fische kommen."

„Was soll ich mit den Fischen machen? Wir haben doch erst jede Menge gegessen und es sind noch welche übrig. Ich hab auch gar keinen Hunger."

„Darum geht es nicht. Du sollst nichts mit den Fischen machen. Du sollst nur so lange hier sitzen bleiben, bis sie zu dir gekommen sind, ok?"

„Ok!"

Ehrlich gesagt weiß ich schon wieder nicht, was das soll. Ist wahrscheinlich eine Geduldsübung und, wenn ich Pech habe, sitze ich hier bis zum Sankt Nimmerleinstag. Egal. Sie hat gesagt, ich hätte wenig Geduld. Das wollen wir erst mal sehen. Ich kann auch mal einen auf Dickschädel machen. So ist das nicht. Ach ja, die Leere war auch irgendwie im Gespräch. Was hat sie nochmal gesagt?

Geduld ist die Vorstufe von Leere!

Nun denn. So sei es. Ich setze mich auf den Steg und lasse die Beine baumeln. Ich frag mich, ob das schlecht ist, weil es die Fische erschreckt, wenn sich da was bewegt.

Verdammt, Ich denke ja schon wieder. Von wegen Leere. Aber meine Güte, ich bin schließlich Anfängerin in Geduldstraining. Sicher amüsiert sich Kanerva bestens. Moment, stopp, jetzt, keine Kommentare mehr, keine Gedanken.

Ich schaue ins Wasser. Da sind kleine Schaumkronen, wo das Wasser gegen den Steg schwappt. Auch da, wo die Wellen sich am Ufer brechen. So geht das nicht. Ich denke schon wieder.

Ich erinnere mich an meine indischen Zeiten. Damals habe ich jahrelang täglich viele Stunden meditiert. Ich war oft in Indien, aber auch im Meditationszentrum von Brahma Kumaris in Stuttgart am Eugensplatz, wo ich Raja Yoga, die Königsform des Yoga gelernt habe.

Das ist ein geistiges Yoga, also keine Körperübungen. Man sitzt im Lotussitz, konzentriert sich auf einen Punkt und übt Gedankenlosigkeit. Gedankenlosigkeit im Sinne eines aktiven nicht-Denkens. Und nicht nur das. Man geht in Verbindung, in Verbindung mit dem Göttlichen. Man kann aber natürlich auch zu allem Möglichen anderen in Verbindung gehen. Bei Brahma Kumaris haben wir oft auf so genannte Qualitäten meditiert, also zum Beispiel Freundschaft, Liebe, Unabhängigkeit, Freiheit, was auch immer. Das ging so, dass jemand auf der Bühne, beiziehungsweise dem Kadi, wie das auf Hindi hieß, saß und auf eine dieser Qualitäten meditierte. Die anderen, die gegenübersaßen, sollten dann erfühlen, um was es in der Meditation ging. Ich war sehr gut darin und konnte die Qualität der verschiedenen Emotionen oder Zustände fast immer erkennen.

Perfekt. Gut, dass mir das eingefallen ist, obwohl ich natürlich noch nie auf Fische meditiert habe. Nicht, dass mir am Ende noch Flossen wachsen. Hihi – jetzt ist aber gut mit den Abschweifungen.

Eine ganze Weile scheint das auch gut zu gehen mit der Abwesenheit von Gedanken.

Ich sitze jetzt bestimmt schon eine Stunde hier und kein einziger Fisch in Sicht. Mir tut der Hintern weh auf dem Holzsteg, von meinem Rücken gar nicht zu reden. Was soll's? Aufgeben ist nicht. Ich konzentriere mich wieder auf den Rhythmus der Wellen, das stetig wiederkehrende Geräusch, das sie machen. Ab und zu zwitschert ein Vogel.

Hatte sie nicht gesagt, es sei wie Reiten und in der Meditation haben wir da nicht im Grunde genommen auf Gott meditiert.

Wie dumm von mir. Klar ich muss auf das meditieren, was ich will. Ich muss mich in die Fische einfühlen. Aber wie soll ich mich in drei Fische gleichzeitig einfühlen?

Ist ja auch völlig egal. Ich fang jetzt mal mit einem an. Ich werde zum Fisch. Und plötzlich fühle ich das Wasser um mich herum. So muss sich das für die Fische anfühlen. Zuerst bleibe ich, als Fisch, stehen. Das geht. Und es fühlt sich interessant an. Ich stehe, indem ich mich gegen die Strömung stemme.

Dann schwimme ich mal ein bisschen herum. Das ist lustig. Ich kann mit Flossen und Schwanz steuern. Wer hätte das gedacht. Ich durchsuche das Wasser nach Plankton und nage an der Unterseite des kleinen Holzbootes, das hier am Ufer vertäut ist. Ich bin ganz entspannt und fröhlich.

Und – ach du meine Güte – das gibt's jetzt wirklich nicht. Ich – ich meine ich, Elke, die ich hier auf dem Steg sitze – sehe einen Fisch. Das ist ja jetzt echt der Wahnsinn. Er schwimmt direkt vor meiner Nase, glotzt mich ein paar Sekunden lang provokativ an und macht dann die Kehrtwende Richtung See. Ich habe Lust, Kanerva zu rufen. Die glaubt das nicht. Wobei, sie hat ja eigentlich von drei Fischen geredet.

Einer, drei, ist doch eigentlich völlig schnuppe. Das war doch jetzt ein Mammuterfolg, oder?

Die Gedanken überschlagen sich in meinem Kopf. Naja, anlügen will ich sie echt nicht, und wahrscheinlich würde sie das auch merken. Bei Medien muss man vorsichtig sein. Also Programm zurück auf null, aber jetzt habe ich wenigstens eine Strategie.

Ich richte mich ein bisschen auf, obwohl mir fast die Beine abfaulen. Es wird auch schon dunkel. Was trinken könnte ich auch. Es war heiß die ganze Zeit in der Sonne.

Also zurück zu den Wellen, dem monotonen Geräusch des Wassers. Hin und zurück, hin und zurück. Ich bekomme ein Gefühl der Trance, das sich in meinem Kopf ausbreitet. Ich habe kein Zeitgefühl mehr und ich spüre auch meinen Körper nicht mehr.

Trotzdem ist mein Verstand glasklar. Ich bin nur noch Beobachtung und Fisch. Ich merke, wie ich als Fisch meinen Schwarm suche und erfühle. Ein Fisch lebt ja niemals allein. Fast magnetisch zieht es mich in eine Richtung. Und auf einmal sehe ich sie! Drei silbrig glitzernde kleine Fische, die versetzt nebeneinander schwimmen, zuerst an mir vorbei, dann kommen sie in einer Schleife zurück, reduzieren das Tempo, ihre blauen Augen fixieren mich einen Moment lang, um in einer eleganten Kurve abzudrehen und im mittlerweile dunkelgrauen See zu verschwinden.

Ich bin sprachlos. Das war jetzt echt unglaublich. Habe ich mir das jetzt nur eingebildet? Ich hätte mein i-Phone mitnehmen sollen. Das glaubt mir doch keiner. Als ich Kanerva rufen höre: „Ruoka on valmis" — das Essen ist fertig, stehe ich wie ferngesteuert auf, obwohl meine Beine wacklig und pelzig sind und fast versagen vom langen Sitzen. Aber ich wundere mich in dem Moment über absolut gar nichts mehr. Ich könnte mich ja auch fragen, wie sie gecheckt hat, dass ich die Fischaufgabe hingekriegt habe.

Als ich ins Mökki komme, erwähnt sie die Fischgeschichte mit keinem Wort, aber nach dem Essen trinken wir noch einen Tee und wieder fragt sie: „Was hast du gelernt?"

„Ich habe gelernt, dass Leere erarbeitet werden muss und dass sie erholsam sein und Kraft geben kann. Durch die Ruhe werden die Sinne geschärft und jetzt kommt das absolut Unglaubliche: Leere bedeutet nicht Einsamkeit oder sich alleingelassen fühlen. Im Gegenteil. Man hört endlich auf, sich in einer Endlosschleife alter Verletzungen zu drehen und das macht einen attraktiv für andere. Man gibt den anderen Raum und strahlt Offenheit aus, die Bereitschaft, sich auf jemand anderen einzulassen. Ist das der Grund, warum die Fische kamen?"

„Sehr gut. Du hast heute etwas gelernt. Ein voller Krug kann nichts aufnehmen. Die Leere schon. Außerdem bedeutet Leere auch die Abwesenheit von Vorurteilen. Merk dir das!"

KAPITEL 6

WIR GEHEN BALD ZU BETT. ICH bin todmüde, gleichzeitig zufrieden und glücklich. Es war ein schöner Tag. Anstrengend, überraschend und sehr lehrreich. Hoffentlich bekomme ich keinen Sonnenbrand. Mein Gesicht brennt ein bisschen.

„Die Leere lehrt", geht mir durch den Sinn.

Hihi! Das ist jetzt eine echte Erkenntnis für mich. Ein voller Krug kann nichts aufnehmen, hat sie gesagt. Und Leere bedeutet auch die Abwesenheit von Vorurteilen.

Das ist auch etwas Neues für mich. Eigentlich logisch. Einfach, kurz und klar. Aber ich muss zugeben, in die Richtung habe ich noch nie gedacht.

Ich schlafe die ganze Nacht traumlos wie ein Stein und wache ausgeruht und neugierig auf das, was mich heute erwartet, auf.

Hat Kanerva nicht gesagt, ich hätte etwas träumen müssen? Keine Ahnung. Es ist, wie es ist. Warten wir's ab.

Kanerva hat schon wieder den Frühstückstisch fertig. Ich habe sie wieder nicht gehört. Das ist ungewöhnlich, weil ich normalerweise einen ganz leichten Schlaf habe und buchstäblich die Flöhe husten höre.

„Huomenta! Kaikki hyvin?" — Morgen! Alles gut?, fragt sie mich.

„Kaikki on erittäin hyvää" — alles ist sehr gut, antworte ich.

Beim Frühstücken stelle ich fest, dass sie die Beeren vergessen hat. Auf die hab ich mich schon beim Zähneputzen gefreut. Sie meint, es seien keine mehr da, und das sei meine neue Aufgabe heute Morgen. Es sei ganz einfach. Ich müsse nur circa zwanzig Minuten in nördlicher Richtung gehen. Ich könne mich am See orientieren. Der sei im Westen. Oder an den Bäumen. Der Wind komme vom Westen. Deshalb würden sich die Bäume oft in Richtung Osten neigen.

Ich bin mal wieder sprachlos.

„Wieso kommst du nicht mit?", frage ich.

„Ich muss noch was erledigen. Du schaffst das. Nach ungefähr zwanzig Minuten kommst du an ein kleines Birkenwäldchen. Davor biegst du rechts ab und kommst direkt auf eine Lichtung, wo es jede Menge Himbeeren und Brombeeren gibt. Wenn dir Tiere begegnen, sprich dieses Zitat aus: *Luonto antaa, luonto ottaa!* Merk dir das! Ein Eimerchen findest du in der Anrichte."

Komisches Mantra, denke ich: Die Natur gibt, die Natur nimmt.

Na, dann weiß ich ja mal wieder Bescheid.

Das Wetter ist schön. Ein kleiner Spaziergang durch den Wald sollte mir also nicht schaden. Das mach ich im Übrigen bei mir zuhause auch sehr gerne, wobei ich lieber reite. Aber generell liebe ich den Wald mit seinem Duft nach Tannen und Moos, mit seinen Geräuschen, dem Vogelgezwitscher und dem ganz leisen Knacken im Unterholz, wenn da irgendwo ein Reh läuft oder ein Hase hoppelt.

Ich ziehe mir bequeme Schuhe an, schnappe das Eimerchen und trabe los. Ich schaue gleich nach den Bäumen und wirklich, sie hat recht, die sind leicht nach rechts gebogen. Ist mir noch nie aufgefallen. Ich grinse vor mich hin. Ich bekomme hier auch noch ein allumfassendes Survivaltraining so ganz nebenbei, scheint mir.

Da fällt mir eine Deutsche ein, die Happiness Coach ist und jedes Jahr mehrere Wochen in der Wildnis verbringt und der Meinung ist, dass die Finnen weltweit das glücklichste Volk der Welt sind, weil sie so nah an der Natur leben und daher einen ganz anderen Zugang dazu haben. Ja, denke ich, die Natur ist der Schlüssel für unser Wohlbefinden. Hier finden wir Ruhe, atmen gesunde Luft. Die Japaner nennen das Shinrin Yoku — Waldbaden. Man badet bewusst in der heilsamen Atmosphäre des Waldes. Man sollte das wirklich regelmäßig machen. Ich habe zu dem Thema auch schon einmal ein Seminar mit meinen Miniponys in Heimsheim gemacht. Das war sehr schön und die Teilnehmerinnen waren wirklich begeistert. Sollte ich mal wieder machen. Das war schön. Vor mir fliegen schon eine ganze Weile zwei kleine weiße Schmetterlinge. Sie sehen fröhlich aus. Sie tanzen förmlich umeinander herum. Ob sie wohl wissen, dass ich hinter ihnen herlaufe und sie mich begleiten?

In einigem Abstand vor mir sehe ich ein paar Birken. Sollte das schon das Birkenwäldchen sein? Das wäre ja schnell gegangen. Ich laufe weiter und ja, das muss es sein. Ich biege nach rechts ab und da scheint auch eine Lichtung zu kommen.

Plötzlich höre ich ein seltsames Geräusch von rechts im dichten Wald. Ich erschrecke. Hoffentlich keine komischen Männer. Ich bleibe stehen und lausche. Das Geräusch verstummt, ich fühle mich beobachtet. Jetzt bloß keine Panik. Finnische Männer sind ungefährlich, solange sie nicht sturzbetrunken sind, und jetzt ist es morgens um elf Uhr.

Da, wieder das Geräusch. Es kommt von der Tanne rechts. Ich richte meinen Blick nach oben und erstarre.

Ein Braunbär.

Oh mein Gott. Er hat mich gesehen. Er schaut mir direkt in die Augen. Verdammt nochmal. Was soll ich jetzt machen? Ich habe nichts dabei, um mich zu verteidigen. Die Amazone in mir ist zurück. Ganz automatisch.

Wie groß mag der Bär sein? So groß wie ich, glaube ich. Habe ich überhaupt eine Chance?

Ich straffe meinen Oberkörper, werde größer. Ich atme ein. Das scheint den Bären aufzuregen. Ich schau dem Bären direkt in die Augen und gehe einen Schritt auf ihn zu. Wie ein Pfeil springt er vom Baum und richtet sich vor mir auf. Er ist nur wenige Meter weg. Lautes Gebrüll dringt an mein Ohr. Wie konnte ich nur so dumm sein. Ich habe ihn provoziert. Bären sind keine Fluchttiere wie Pferde und lassen sich deshalb auch nicht so leicht in die Flucht schlagen. Ich reagiere völlig panisch. Ich kann nicht mehr denken. Ich habe keine Strategie, bin unfähig, mich zu bewegen. Ich stehe komplett neben mir, mein Kopf ist wie benebelt.

Plötzlich breitet sich ein Trancegefühl in meinem Kopf aus. Kanerva, wenn du mir irgendwie helfen kannst ... was soll ich machen?

Und plötzlich kommt mir in den Sinn, wie schön der Bär ist, wie perfekt, eine göttliche Erscheinung. Es ist egal, was passiert. Kämpfen ist keine Option. Ich empfinde sogar ein Gefühl der Bewunderung und Liebe. Ich fühle mich mit ihm verbunden. Ich bin der Bär, der Bär ist ich. Es gibt keine Trennung.

Plötzlich höre ich: *Luonto antaa, luonto ottaa!*

Hat das der Bär gesagt oder Kanerva in meinem Kopf? Das gibt's doch nicht. Das sollte ich doch sagen, wenn mir ein Tier begegnet. Hat sie das alles schon wieder gewusst oder sogar geplant? Ich wiederhole laut: *„Luonto antaa, luonto ottaa!"*

Der Bär beruhigt sich und gibt seine Drohgebärde auf. Er schaut noch einmal kurz zu mir herüber, dreht sich dann um und verschwindet im Wald.

Ich bleibe noch einen Moment stehen. Die Szene läuft noch einmal vor meinem inneren Auge ab. Der Bär hat mich gespiegelt. Sobald ich meine altbewährte Kriegerposition einnehmen wollte und der Meinung war, kämpfen zu müssen, wurde er aggressiv. Im Grunde genommen ging er nur auf meine Erwartungshaltung ein. Als ich für einen Moment unfähig war, irgendetwas zu tun und dabei meine aggressive

Ausstrahlung abflaute, weil ich so erschrocken war, und als ich für eine Zehntelsekunde sogar ein Gefühl der Liebe und Bewunderung für das Tier empfunden habe, wurde auch er sanft und drehte ab. Was das mit dem Mantra auf sich hatte, kann ich überhaupt nicht verstehen.

Halten wir uns nicht mit Lappalien auf. Das Entscheidende im Moment ist, dass ich nicht panisch wurde, jedenfalls nicht übertrieben, und dass ich noch lebe.

Und jetzt fällt mir plötzlich Amanecer ein. Bei ihm war es ganz genauso.

Was ich nun ganz klar erkennen kann, ist, dass man bei einer aggressiven Aufforderung keine liebevolle Antwort erwarten kann. Dass ich Situationen auslösen, verschärfen oder beruhigen kann. Haben die Esoteriker etwa doch recht, wenn sie sagen, wir selbst seien die Schöpfer unseres Lebens? Das, was wir ausstrahlen, kommt wie ein unabwendbares Echo zurück. Wir müssen aufhören, uns als Opfer zu sehen. Wir sind viel mehr die Schöpfer unserer Erfahrungen als wir glauben.

Wieso ich das „*Luonto antaa, luonto ottaa*" — die Natur gibt, die Natur nimmt hörte, kann ich wirklich nicht sagen. Ich habe den Eindruck gehabt, der Bär habe das gesagt, aber das ist ja wohl ausgeschlossen.

Ich habe das ehrlich gesagt bei dem Schock komplett vergessen, aber sobald ich es aussprach, war die Gefahrensituation gebannt, und ich fühlte mich nicht mehr angegriffen. Jetzt fühlt sich auf einmal alles ruhig und gut an. Weit und breit ist niemand mehr zu sehen. Ich hebe deshalb den Eimer für die Beeren, der mir aus der Hand gefallen ist, auf und laufe die paar Meter zur Lichtung weiter, wo es jede Menge Himbeeren und Brombeeren gibt. Übrigens, fällt mir plötzlich ein, Brombeere heißt auf Finnisch karhunvatukka und karhu heißt Bär und vattu Himbeere.

Was mich außerdem beschäftigt, ist, wie schnell ich von der Amazone, in das erschrockene, völlig handlungsunfähige Mädchen umgeswitcht bin. Das ist etwas, was mich wirklich beunruhigt. Ich habe das schon mehrmals in meinem Leben beobachtet und ich hatte richtige Phasen, in denen ich entweder das Opfer oder anders formuliert das Sansoschäfchen war, nur um dann plötzlich wieder in die aktive taffe Kämpferin umzuschwenken, die vor nichts und niemandem Halt macht und die in keiner Sekunde vor eigenen Schmerzen oder Verlusten Angst hat. In diesem Kampfmodus laufe ich buchstäblich gegen Wände und würde niemals aufgeben. Ich bin dann ein ganz anderer Mensch, denn eigentlich würde ich mich als extrem harmoniesüchtig einstufen und ich tue im Grunde genommen fast alles für ein harmonisches Miteinander und es ist mir wichtig, dass die Menschen in meinem Umfeld mit mir zufrieden sind und sich wohlfühlen. Das sind dann auch die Momente, in denen ich mir über alles und jedes einen Kopf mache und dauernd Angst habe, nicht erwünscht zu sein oder ja niemanden mit meinen Problemen belasten zu dürfen. Und auch hier weder dasselbe Thema: wenn es schwierig wird, bin ich allein.

Das ist wirklich etwas, was ich noch einmal ausführlicher mit Kanerva besprechen sollte.

Eine Dreiviertelstunde später bin ich zurück am mökki. Kanerva ist nirgends zu sehen. Das Auto ist auch nicht da.

Ich beschließe, die Beeren zu säubern und in zwei kleine Schalen zu verteilen, danach setze ich Wasser auf und suche die leckeren Zimtschnecken, die sogenannten korvapuustit heraus und dazu brauche ich jetzt einen anständigen Kaffee. Tee oder heißes Wasser ist jetzt echt nicht das Richtige. Ich habe plötzlich einen Bärenhunger – hihi, Wortspiel – und was für eins! Ist das alles vorhin wirklich passiert?

Ich nehme meinen Kaffee und setze mich vors Haus. Keine fünf Minuten später höre ich das Auto. Es ist unglaublich, wie gut man in dieser Abgeschiedenheit Geräusche wahrnimmt. Nur Geräusche? Sicher nicht. Kein Wunder, dass die Finnen so ein glückliches Volk sind, und dass es so viele tiefgründige und weise Menschen in diesem Land gibt. Die Leere lehrt. So scheint das wirklich zu sein. Jetzt sehe ich das Auto auf der anderen Seite des Sees. Ich kann es kaum erwarten, Kanerva von meinem Erlebnis zu erzählen. Die wird Augen machen.

Es ist interessant, die Geräusche zu verfolgen, die das Auto macht, zuerst auf dem unebenen Feldweg, wo manchmal ein rumpelndes Geräusch entsteht, wenn der Wagen über kleine Bodenunebenheiten fährt, dann ein kurzes Stück über den Sand, das ist so ein knautschiges, viel helleres Geräusch und dann das letzte Stück im Hof über die Grasfläche, wo man eher ein Rauschen hört, wenn die Reifen das Gras umknicken.

Kurz darauf höre ich die Autotür auf- und zugehen und Kanervas fröhliche Stimme, als sie zu mir gelaufen kommt und mir zuruft: „Kommst du und hilfst mir tragen?"

Ich stelle meine Tasse ab und gehe zum Auto. Sie drückt mir zwei vollgepackte schwere Tüten in die Hand. Ich bin ein bisschen überrascht. Das reicht ja für eine ganze Armee, was sie da eingekauft hat. Wir wollten doch morgen oder spätestens übermorgen schon wieder zurückfahren.

Die nächste Viertelstunde vergeht mit Tüten Schleppen und Lebensmitteln einräumen. Ich platze fast, weil ich ihr doch unbedingt erzählen will, was ich erlebt habe.

Sie scheint das aber nicht hören zu wollen. Sie plappert ohne Ende unwichtiges Zeug und erklärt mir, wo der finnische Outdoor-Kühlschrank ist.

Es ist ein quadratisches Loch im Rasen, etwa einen Meter tief und mit Holzbrettern ausgelegt. Da kommen die Kartoffeln rein. Für die Wasser- und Saftflaschen gibt es ein spezielles

Kühlfach an der Bootsanlegestelle im Wasser. Ich bin mal wieder beeindruckt.

Dann trägt sie mir auf, den Salat fürs Mittagessen zu putzen und die Kartoffeln aufzusetzen. Sie ist mit Tischdecken beschäftigt und arrangiert aufwändig neue Wiesenblumen in der Vase. Sie hat auch ein Radio und einen CD-Player mitgebracht und ich höre im Hintergrund mein finnisches Lieblingslied von Vera Telenius „Milioona Ruusua". In dem Lied geht es um eine Million Rosen, der Duft von Liebe, den die Rosen bringen, aber die Rosen haben halt auch Dornen.

Als wir uns endlich setzen, schaltet sie das Radio aus und fragt: „Was hast du gelernt?"

Ich kann das alles nicht nachvollziehen. Kennt sie meine Geschichte etwa schon? Oder kann man beim Beerenpflücken auch irgendetwas lernen?

„Ich hatte eine unglaubliche Begegnung mit einem Bären."

„Was hast du gelernt?", unterbricht sie mich.

„Der Kosmos reagiert auf das, was ich aussende. Ich brauche keine Angst zu haben. Ich sende genau das aus, was ich für meinen nächsten Lernschritt brauche und ich bin auch nicht allein. Ich habe Helfer, die mich unterstützen, wenn ich sie lasse. Ich bekomme Antworten, wenn ich lerne, zuzuhören und geduldig zu sein. Ich bin ein Teil von allem, was ist und ich sollte endlich aufhören, dauernd überrascht zu sein und mich überfordert und im Stich gelassen zu fühlen und endlich lernen, meiner inneren Führung, nenn es Gott, meinem Schutzengel, dem Schicksal oder einfach mir selbst zu vertrauen.

Vor allem sollte ich aufhören, dauernd gegen mich selbst zu kämpfen. Genug gekämpft!"

Sie grinst vor sich hin und meint: „Naja, dann können wir ja jetzt essen."

Nach dem Essen setzen wir uns wieder mit einer Tasse Tee ans Feuer.

„Onko sulla kysymyksiä?" — hast du Fragen?

„Ja, schon. Ich weiß nur gar nicht genau, wie ich das jetzt formulieren soll. Ich glaube, es hängt mit meinem Charakter zusammen, der manchmal so widersprüchlich ist, selbst für mich selbst. Es ist, als ob ich zwei Personen wäre."

„Wie meinst du das?"

„Es geht darum, dass ich viel gekämpft habe in meinem Leben. Es dauert sehr lange, bis ich kämpfe, aber, wenn ich das tue, dann gnadenlos und ohne Rücksicht auf Verluste. Meine Mutter hat einmal gesagt, sie habe Angst vor mir. Ich sei schlimmer als mein Vater. Ich habe das zunächst einmal gar nicht verstanden, aber dann wurde mir klar, was sie meint. Es stimmt, wenn ich im Kampfmodus bin, höre ich nicht auf und wenn ich tot umfalle. Es ist fast zwanghaft. Und da, wo jeder normale Mensch aufhören würde, weil es wehtut, super anstrengend ist und vielleicht auch noch teuer, da fange ich erst an, die Ärmel hochzukrempeln und dann macht mir das sogar noch Spaß.

„Könnte man sagen, es ist, wie wenn sich Yin und Yang in dir streiten?"

Irgendwie versetzt mir Kanervas Frage einen Stich und ich weiß nicht, was ich sagen soll. Ich habe plötzlich ein Bild von mir als ganz kleines Mädchen. Ich sitze unter unserem Fliederbusch und weine, weil ich ein Mädchen bin und doch eigentlich ein Junge hätte sein sollen. Als mich meine Mutter fragt, warum ich weine und ich ihr mein Gefühl, gar nicht erwünscht zu sein, erkläre, sagt sie, nein das stimmt überhaupt nicht. Wir hätten nicht einmal einen Namen für einen Jungen gehabt. Wir wollten unbedingt ein Mädchen und wir sind beide so stolz und glücklich, dass wir dich haben.

Ich habe das damals gehört, aber irgendwie konnte ich es nicht glauben und ich erinnere mich, dass ich, als ich lesen konnte, dauernd nach Beweisen gesucht habe, dass meine Eltern mich nicht wollten. Als ich herausfand, dass sie schon über ein Jahr verheiratet gewesen waren, als ich zur Welt kam, war das für mich absolut unbegreiflich, hatte ich mir doch eingeredet, dass sie wegen mir hatten heiraten müssen."

Kanerva hat wieder diesen Blick ins Unendliche. Sie sagt lange nichts. Aber dann fragt sie mich: „Was hast du mit Skorpionen zu tun?"

„Eigentlich nichts", antworte ich, „aber, wenn du das Tierkreiszeichen meinst, mein Vater war Skorpion. Ich bin Wassermann."

Und auf einmal erschrecke ich, denn es fällt mir ein Gespräch mit Lea Sanders, einer spirituellen Lehrerin, die Aura sehen und interpretieren konnte, ein. Ich hatte einmal ein Reading bei ihr in Santa Fe und sie beharrte darauf, dass ich ein Skorpion sei. Ich dachte damals, typisch Wahrsagerin, und grübelte nicht länger darüber nach, aber, wenn Kanerva jetzt auch so anfing, war das ja wirklich unglaublich.

Sie schaut wieder eine ganze Weile ins Feuer und dann meint sie: „Deine Eltern waren eine ganze Zeit miteinander verlobt."

„Ja, fünf Jahre. Mein Vater wollte erst heiraten, nachdem er sein Architekturstudium beendet hatte."

„Aha, das erklärt, warum sie dich abgetrieben haben."

Ich zucke zusammen. Aber ich sitze doch hier. Trotzdem fühlt sich das jetzt schlüssig an. Das unerwünschte Kind.

„Es wäre ein Junge gewesen, ein Skorpion wie dein Vater. Und du hast dieses ganze Trauma energetisch gespeichert. Es ist gut, dass wir darüber reden."

Ich bin völlig sprachlos. Das ist ja eine unglaubliche Geschichte. Aber sie fühlt sich vollkommen richtig an.

„Wir müssen die andere Seite des Traumas anschauen. Du weißt, alles hat zwei Seiten. Bisher hast du nur die schwere

Seite gesehen und vor allem gefühlt. Jetzt ist es Zeit, das Geschenk zu finden."

Sie holt ihre Karten und sucht das Krafttier Skorpion für mich heraus.

„Genau wie Stier, Löwe und Wassermann gehört der Skorpion zu den festen Zeichen, die sich durch wilde Entschlossenheit, Ausdauer und Mut auszeichnen. Außerdem hat der Skorpion das Element Wasser, das für eine große Gefühlswelt, Intuition und Tiefe steht."

„Das ist ja unglaublich. Meine Mutter war Stier und du bist Löwe", stelle ich fest.

„Der Skorpion will dich dazu bringen, dass du dich mit Themen wie Erlösung und Leid auseinandersetzt. Es ist an der Zeit, dich deinen verborgenen Emotionen und Ängsten zu stellen. Stelle dir selbst die Frage, welches Leid du mit dir trägst und von dem du am meisten Erlösung suchst. Fasse Vertrauen zum Skorpion, dann hast du die Möglichkeit einer tiefen Transformation, die dich in die eigene Kraft bringt und dein Selbstvertrauen und deine Authentizität stärkt."

Das trifft ja nun genau den Kern, denke ich mir. Eine unglaubliche Geschichte. Aber sie passt total und erklärt meine innersten Gefühle, die ich so viele Jahre nicht einordnen konnte.

Das erklärt auch im Nachhinein, warum mir Lea Sanders damals bei dem Reading eine Abtreibung unterstellt hat. Als ich ihr geantwortet habe, dass ich niemals abgetrieben habe, meinte sie, das könne sie fast nicht glauben, da sie ganz eindeutig die dunklen Stellen in meiner Aura wahrnehmen könne und sich diesbezüglich wirklich noch nie getäuscht habe. Ich habe das einfach alles unter voll daneben abgehakt und mich nicht weiter damit beschäftigt. Aber jetzt bekommt das alles einen Sinn und ich beschließe, die Aufzeichnungen aus den Achtzigerjahren, die ich noch daheim aufbewahrt hatte, noch einmal zu studieren.

Kanerva kommt zurück aus der Trance und umarmt mich. Sie sagt, sie habe immer schon das Gefühl gehabt, dass da noch jemand sei in meinem Energiefeld. Und meine eigentliche Frage, warum ich von einem Moment zum anderen so unterschiedlich reagieren kann – wie zwei verschiedene Personen hätte ich gesagt – sei damit ja wohl auch beantwortet.

Ich schaue nachdenklich ins Feuer und muss auf einmal lachen.

„Das würde auch erklären, warum ich meine Koffer immer selber trage und mir niemand die Tür aufhält oder meint, dass ich Hilfe brauche.

Als ich mit meiner Freundin während des Studiums ein Semester lang in Paris war, bekam ich vom Ober immer die Rechnung für uns beide. Ich muss zugeben, damals bin ich in Hosenanzügen mit Krawatte und kurzen Haaren herumgelaufen."

„Ja, in unserem Unterbewusstsein ist alles gespeichert. Wir machen uns nur durch unseren Verstand oft einen Strich durch die Rechnung, weil wir das, was nicht sein kann, einfach nicht als Möglichkeit akzeptieren können. Ich glaube, wir haben heute einen großen Schritt nach vorne gemacht. Brauchst du noch ein Stück Schokolade?"

Ich muss lachen. Kanerva sagt immer, wenn es schwierig wird im Leben: „Take a chocolate."

Ich nehme zwei Stückchen Schokolade und sie scheint recht zu haben. Ich bin auf einmal ganz entspannt, aber auch ziemlich müde.

„Ich glaube, ich muss jetzt ins Bett", sage ich, „du hast mich geschafft. Und danke. Das war unwahrscheinlich gut heute Abend."

KAPITEL 7

Ich habe sehr gut geschlafen, hatte aber einen Traum. Stevie ruft mich, sucht nach mir. Er vermisst mich und er macht sich große Sorgen.

„Wunschdenken?", frage ich mich, aber nein, ich weiß, dass er an mich denkt und sich Sorgen macht. Und ich habe ihm ja auch gar nichts gesagt von meiner Finnlandreise. Verdammt und kein Internet. Das kann er sich garantiert nicht vorstellen, dass ich mich gar nicht melden kann. Wahrscheinlich denkt er, ich bin sauer und strafe ihn ab. Aber nein, ich spüre ihn heute Morgen ganz nah. Da ist so viel Nähe zwischen uns, und wir sind uns in Vielem so ähnlich. Wir sind wie zwei Radios, eine Wellenlänge. Das spürt er sicher auch.

Wenn er manchmal abtaucht, ist das vermutlich Selbstschutz. Vielleicht weiß er manchmal auch einfach nicht, was er sagen soll. Auch er hat seine Verletzungen erlebt, und ich muss mich davon frei machen, die Schuld immer bei mir zu suchen. Ich hoffe aber, dass das mit der Zeit besser wird. Er weiß, dass er mir vertrauen kann, jedenfalls wünsche ich mir das. Allerdings bin ich, wie ich feststellen muss, die größere Expertin im Abtauchen. Mir fallen Kanervas Worte ein, die mir bestätigen, dass wir uns extrem ähnlich sind, und damit meine ich nicht nur Stevie und mich, sondern auch Amanecer, mein wunderbares Pferd. Wir sind alle drei Meister darin, zu flüchten und zu erwarten, dass der andere aktiv wird und Entscheidungen trifft und Vorgaben macht.

Für mich ist es ganz neu, dass ein Mann darauf wartet, von mir ermutigt und animiert zu werden. Ich habe bisher nur übergriffige Männer kennengelernt, von denen ich mich in die Enge getrieben fühlte. Und jetzt, wo ich den besten

Freund habe, den man sich vorstellen kann, bin ich schon wieder verunsichert und frage mich andauernd, ob ich ihm gar nicht so wichtig bin oder ob ich ihn nerve, wenn ich mich zu oft melde. Das Leben ist schon komisch. Ich benehme mich genauso, wie er sich in meinen Augen mir gegenüber nicht benehmen sollte. Bisher ist mir überhaupt nicht aufgefallen, dass sich meine Probleme ganz einfach daraus ergeben, dass wir uns in vielerlei Hinsicht zu ähnlich sind. Wir sind beide gebrannte Kinder, extrem vorsichtig, extrem sensibel und mit einer Riesenangst, etwas falsch zu machen oder übergriffig zu sein.

Dazuhin kommt natürlich auch mein Dauerthema, falsch am Platz und nicht erwünscht zu sein. Aber das sollte sich ja nun langsam erledigt haben.

Mit meinem Pferd ist es im Übrigen nicht anders. Ich warte auf ihn und er auf mich. Das ist doch wirklich ohne Worte und ich muss lachen: drei Sensibelchen, die nicht dominant sein wollen und darauf warten, dass der andere sagt, wo es lang geht. Naja, mit Kanerva habe ich in dieser Hinsicht keine Probleme. Sie sagt am laufenden Band, wo es lang geht. Ich höre sie schon wieder rufen und ich wette, wir haben schon wieder ein Programm.

Und wirklich, sie sagt, ich soll mich fertig machen, wir müssen los. Wir machen heute eine Wanderung und dieses Mal kommt sie mit. Sie hat schon einen Rucksack gepackt. Heute geht es in östliche Richtung. Sie ist schon wieder wortkarg und teilt mir nur mit, dass sie mir etwas zeigen will. Frühstück gibt es später, wir sind spät dran.

Schweigend laufen wir nebeneinanderher, eine ganze Zeit lang geht es am Seeufer entlang. Ich beobachte die kleinen Kiefernzapfen, die überall auf dem sandigen Boden liegen. Dann wird der Weg schmaler, es geht bergauf durch einen

Kiefernwald. Es duftet angenehm nach Kiefern und Wasser. Der See ist jetzt unter uns, aber man sieht ihn noch zwischen den Bäumen und ich höre nach wie vor das Rauschen des Wassers, das Kommen und Gehen der Wellen, ein Geräusch, das mir so gefällt, das mich erdet, mir Ruhe und Selbstvertrauen gibt.

„Tout est pour le mieux dans le meilleur des mondes possibles."

Leibniz fällt mir plötzlich ein und macht mir total gute Laune: Alles ist bestens in der besten aller möglichen Welten.

So ist es. Leibniz hat's erfasst. Worüber machen wir uns dauernd einen Kopf? Ich liebe Sprachen und habe Romanistik studiert. Es ist schon lustig, dass mir dauernd irgendwelche Aussprüche, oft auch Liedertexte so aus dem Nichts einfallen. Das ist wohl mein persönliches Wohlfühlprogramm, oft könnte ich mich selber über meine verrückten Einfälle kaputtlachen.

Monoton laufen wir weiter. Genau genommen laufe ich gar nicht mehr. Irgendwie läuft es mich und das fühlt sich gut an. Alles ist leicht und genau richtig, so wie es ist. Es gibt keine Fragen, keinen Hunger, keine Müdigkeit. Wir biegen nach links ab und kommen tiefer in den Wald. Der kleine Pfad wird immer schmaler. Irgendwann ist es nur noch eine Art Trampelpfad, vielleicht auch nur ein Pfad, den die Tiere des Waldes nutzen. Der See ist weit weg.

Kanerva geht langsamer und schaut suchend nach links und rechts. Hoffentlich nicht schon wieder eine Begegnung mit einem Bären.

Plötzlich bleibt sie stehen, dreht sich zu mir um und legt den Finger auf den Mund. Sie deutet nach rechts. Ich sehe nichts Besonderes, doch da ganz rechts hinter den Bäumen, bestimmt zwei-, dreihundert Meter weit weg, steht ein Elch.

Sie bedeutet mir, mich zu setzen. Schweigend sitzen wir nebeneinander. Vorsichtig nestelt sie an ihrem Rucksack und reicht mir ein Käsebrot und einen Plastikbecher. Sie schenkt mir Tee ein.

Ist nicht wahr, denke ich, sie will doch jetzt nicht etwa hier frühstücken mitten am Steilhang im Laub und zwischen den Bäumen. So hatte ich mir unser Picknick nicht vorgestellt.

Einen Moment lang konzentriere ich mich trotzdem auf mein Brot. Als ich zurück zum Elch blicke, sehe ich, dass er nähergekommen ist und außerdem ist es gar nicht ein Elch. Da sind drei oder vier.

Wie cool ist das denn? Ich setze meine Brille auf und bin geflasht. Da kommt eine ganze Herde. Sie kommen langsam näher, direkt auf uns zu. Und dann bilden sie einen Kreis, in dessen Mittelpunkt ein Elch steht, der sich hinlegt.

Kanerva stößt mich an und deutet in die Richtung. Der Elch scheint krank zu sein. Und dann auf einmal sehe ich es. Es ist gar kein Elch. Es ist eine Elchkuh, die gerade ihr Baby zur Welt bringt. Ich kann das gar nicht glauben. Das ist ein echtes Wunder.

Einige Elche stehen in dichtem Kreis um die Gebärende herum. Die anderen grasen im Abstand. Auf einmal kommen alle ganz nahe an die Mutter, die ihr Baby trockenleckt. Kanerva und ich schauen uns an. Das war wunderschön und, wie immer mit ihr, waren wir wieder im richtigen Moment am richtigen Ort. Wir setzen unser Picknick fort. Ich bin richtig glücklich. Das war ein wunderschönes Erlebnis, aber mal wieder vollkommen verrückt: Käsebrot mit Elchgeburt.

Die Elchkuh ist inzwischen aufgestanden und stupst das Kleine immer wieder an. Es soll wohl aufstehen, aber die Hinterbeinchen machen noch nicht so recht mit. Zuerst muss ich lachen. Es sieht irgendwie drollig aus, wie es immer wieder hinten umknickt, aber dann mache ich mir auf einmal Sorgen. Gibt es ein Problem? Ist das Baby nicht gesund? Ich schaue Kanerva fragend an.

„Das Junge hat Schwierigkeiten. Wenn es nicht bald aufsteht, lässt die Herde es zurück."

„Ja und dann?", frage ich.

„Allein kann es nicht überleben."

Ich bin schockiert und kann gar nichts sagen. Das wird doch sicher nicht passieren. Es muss einfach aufstehen. Die Zeit vergeht. Das Kälbchen kann nicht aufstehen. Die Elche formieren sich und beginnen loszulaufen. Die Mutter bleibt zurück und versucht weiterhin, das Kalb zum Aufstehen zu bewegen. Ohne Erfolg. Schließlich geht auch sie. Sie bleibt in ein paar Metern Abstand stehen, kommt noch einmal zurück.

„Steh auf, steh auf!", schreit alles in mir.

Nichts ändert sich, die Mutter läuft der Herde hinterher. Das Kälbchen ist allein. Man hört es nach der Mutter rufen. Es ist mehr wie ein Wimmern.

Ich bin absolut erschrocken. „Wir müssen doch etwas tun", sage ich. „Lass uns zu dem Kleinen gehen."

Kanerva schaut mich seltsam an, runzelt die Stirn und meint: „Warte." Nach einer ganzen Weile, die sich wie eine Ewigkeit anfühlt, kommt sie aber mit.

Wir bahnen uns langsam und vorsichtig den Weg über knackende Äste und Tannenzapfen. Es geht zuerst einen steilen, dann einen leichteren Abhang hinunter und dann nach rechts auf die kleine Lichtung, wo das wimmernde kleine Elchbaby liegt.

Ich knie mich hin, umarme das Kleine. Ich fühle mich schwach und unfähig, etwas zu tun. Der kleine Elch sieht mich mit großen Augen an. Meine Augen füllen sich mit Tränen. Ich kann nicht klar denken. Wir müssen doch etwas machen können.

„Können wir es nicht mitnehmen. Wir können es doch hier nicht liegen lassen", sage ich.

„Das Kalb wiegt mindestens zwölf bis fünfzehn Kilogramm", antwortet Kanerva.

„Dann können wir es doch tragen. Ich schaffe das."

Sie zieht ihre Windjacke aus und versucht daraus eine Art Trage zu basteln. Das Kälbchen lässt sich hochheben.

„Es sollte so schnell wie möglich Milch bekommen", meint Kanerva, „und eins muss dir klar sein: Das wird anstrengend, wenn wir ihn mitnehmen, und ich sage dir gleich, ich kann mich nicht um ihn kümmern. Ich muss spätestens übermorgen nachhause. Das Elchbaby braucht alle drei Stunden Milch, und zwar ganz genau vierzig Grad warme Milch. Sonst trinkt es nicht. Die ersten drei Wochen sind die riskantesten. Wenn es die überlebt, haben wir eine Chance. Außerdem sind die Gelenke geschwollen und verbogen. Schau mal. Kann sein, dass sich das auswächst oder auch nicht. Bist du sicher, dass du das machen willst?"

Drei Wochen. Ich wollte in drei Tagen zurück nach Deutschland fliegen. Ich weiß nicht, was ich sagen soll. Daheim sind meine Pferde und Ponys, die alle versorgt werden müssen, außerdem Amanecer und natürlich Stevie, der sich sicher schon fragt, was mit mir passiert ist. Ich habe ihn immer noch nicht anrufen können. All das geht mir in Sekundenschnelle durch den Kopf. Vier Wochen lang habe ich meine Pferde noch nie alleine gelassen und trotzdem.

„Ich kann das Kleine nicht sterben lassen. Ich schaffe das irgendwie. Sag mir, was ich tun muss."

„Deine Entscheidung. Ich kann dir erklären, wie wir vorgehen müssen. Als Erstes müssen wir ihn warmhalten. Das mit meinem Anorak geht einigermaßen. Wenn du mir deine Strickjacke gibst, können wir ihn zudecken. Das wird allerdings eine ziemliche Strapaze, bis wir daheim sind. Wenn wir es bis zum See schaffen, kann ich das Auto holen."

„Gut. Wir machen das so. Ich bleibe so lange, wie notwendig."

Wir verschnüren den Kleinen wie ein Paket und Kanerva legt ihn mir um den Hals wie einen Schal. Ich halte mit beiden Händen die Beinchen fest. Gott sei Dank verhält er sich ruhig und hat auch aufgehört zu wimmern, sodass ich ganz gut mit ihm laufen kann. Ich versuche einen taktmäßig flotten Schritt hinzulegen, den Blick immer auf den Boden vor mir. Nur nicht nachdenken, einfach nur laufen und ja nicht stolpern. Zuerst geht es ganz gut, aber das Gewicht drückt immer mehr auf meine Schultern, und ab und zu versucht der Kleine auch, sich zu bewegen. Der Schweiß rinnt mir übers Gesicht. Mir tut alles weh. Für das letzte Stück nimmt ihn mir Kanerva ab, ich nehme dafür den Rucksack. Meine Schultern schmerzen.

Am Ufer legen wir den Kleinen ins Gras. Ich halte ihn warm, bis sie mit dem Auto kommt. Er schaut mich mit seinen großen Augen an und drückt sich ganz dicht an mich. Ich schaue auf die dicken Gelenke und die verdrehten Beinchen und habe keine Ahnung, ob das jetzt wirklich alles einen Sinn macht. Aber ich kann nicht anders. Ich empfinde ganz viel Liebe für das kleine Wesen und ich habe das Gefühl, dass der Kleine das spürt.

„Liebe und der Wille sind die größten Kräfte, die alles bewirken können."

Dieser Satz, den Kanerva einmal in Tieftrance in einem Seminar über natürliche Heilverfahren und Geistheilung gesagt hat, kommt mir in den Sinn. Ja, das ist es. Damit kann ich etwas anfangen. Und Vertrauen. Ich muss Vertrauen in die Schöpfung haben. Es wird alles gut!

Ich höre das Auto und kurze Zeit später biegt es auf den kleinen Weg, der am Ufer entlangführt. Ich setze mich auf den Beifahrersitz mit dem Kleinen auf dem Schoß. Er scheint zu schlafen. Meine Arme sind schwer, aber bald haben wir es geschafft.

Kanerva hat gute Vorarbeit geleistet. Sie hat eine Ecke im Wohnzimmer frei gemacht und mit Decken und Stroh gepolstert. Sie erklärt mir, dass das mein Doppelbett mit unserem kleinen Patienten ist.

„Wie? Ich soll mit ihm ein Strohlager teilen?"

„Anders geht das nicht. Zumindest die ersten Tage, bis er sich an uns und die Hütte gewöhnt hat. Ist das ein Problem?"

„Nein. Ich mach das. Machen wir jetzt die Milch warm?"

„Wir brauchen eine Flasche mit Schnuller. Ich fahre in den Laden und bringe auch gleich noch mehr Milch mit."

„Kannst du bitte meine Freundin Morgana anrufen und ihr sagen, dass ich den Aufenthalt verlängere und mich melde, sobald es geht? Vielleicht kann sie auch bei der Airline anrufen, den Flug canceln und Stevie sagen, dass ich später fliege."

„Mach ich, klar!"

Wieder bin ich mit dem Kleinen allein und beobachte ihn. Wir müssen ihm einen Namen geben. Toivo gefällt mir gut. Toivoa heißt auf Finnisch Hoffnung. Ja, Toivo passt zu ihm. Das ist gut.

Kanerva hat sich wirklich beeilt und jede Menge Milch, einen Schoppen, einen Trichter und ein Fieberthermometer mitgebracht. Super Idee. Wir müssen die Milch ja auf vierzig Grad erhitzen. Gut, dass sie nicht die Art Medium ist, die hundert Meter über Grund schwebt oder auf einer rosa Wolke sitzt.

Sie zeigt mir auch, wie ich den kleinen Toivo halten muss, damit er trinken kann.

„Der Name ist gut gewählt", sagt sie und lächelt. „Die Behandlung von Toivo wird deine Initiation in die Gemeinschaft der Schamanen. Ich hab dir schon immer gesagt, dass du dich für diese Arbeit eignest."

Das klingt jetzt eher erschreckend für mich, habe ich doch gar keine Ahnung von schamanischer Heilkunst. Alternative Heilmethoden haben mich zwar schon seit Jahren interessiert und ich habe sogar einfach aus Interesse, eine dreijährige Heilpraktiker Ausbildung bei Paracelsus in Stuttgart absolviert, aber Elchbabys retten stand da nicht auf dem Programm.

Als ich versuche, Toivo die Flasche zu geben, weicht er mir aus und die heiße Milch läuft mir über die Finger. Ich bohre meinen kleinen mit Milch überzogenen Finger in seinen Mundwinkel. Er gibt seine Abwehrspannung etwas auf und lutscht an meinem Finger. Nach ein paar Anläufen akzeptiert er den Schoppen, aber er saugt nicht. Ich drücke ein bisschen auf die Plastikflasche und dann scheint er es kapiert zu haben. Mit schmatzenden Geräuschen saugt er an der Milchflasche. Mein Herz springt vor Glück. Wir werden es schaffen.

Kanerva ist auch zufrieden und meint: „Glück gehabt. Das mit dem Trinken klappt nicht immer so leicht. Elche sind da total schwierig. Denk dran, wenn die Temperatur nicht stimmt, kann es sein, er trinkt nicht. Und noch was anderes: Ich fahre morgen heim. Ich muss was erledigen. Deine Aufgabe in den nächsten Tagen ist es, den Kleinen mit Milch zu füttern."

„Wie bitte, du lässt mich hier allein mit dem Baby?"

„Ich hab dir gesagt, dass ich weg muss. Du kriegst das hin und ich komm ja bald wieder. Das mittelfristige Ziel ist jedenfalls, dass er Blätter und Kräuter frisst. Die kannst du ihm demnächst schon geben. Am Anfang wird er nur damit herumspielen, aber irgendwann wird er die kleineren Zweige fressen. Nächster Punkt ist, dass er lernen muss, Wasser aus dem Trog zu trinken. Bevor er nicht selbstständig isst und trinkt, kann er nicht im Elchzentrum abgegeben werden. Frei lassen können wir ihn nicht mehr. Die Herde ist weg und würde ihn auch nicht mehr akzeptieren. Ich sag dir das alles, weil ich nicht genau weiß, wann ich zurück bin. Ich bringe dir morgen Pellets vorbei. Da gibt's ein sehr gutes Futter speziell für Elche. Wenn es ein größeres Problem gibt, kannst du zu den beiden Hütten auf der anderen Seite des Sees gehen. Du erinnerst dich? Zu Päivi, der Schwester des Tierarztes. Sie hat auch ein Auto. Ich komme zurück, sobald ich kann. Ich habe im Reitzentrum Bescheid gegeben, dass du später heimkommst. Stevie hab ich nicht erreicht. Hast du Fragen?"

Ich bin, wie so oft, erst einmal sprachlos und mir fällt auch im Moment keine Frage ein. Sie fährt morgen weg und lässt mich mit dieser ganzen Situation allein. Das kann sie doch nicht machen. Das geht doch jetzt wirklich nicht. Und dann fragt sie auch noch, ob ich eine Frage habe. Kann sie sich das nicht denken, dass ich jetzt erst einmal völlig vor den Kopf gestoßen bin, aber ich habe ja immerhin noch ein bisschen Zeit. Sie fährt ja erst morgen.

Toivo macht jetzt einen muntereren Eindruck. Die Milch scheint im richtigen Moment gekommen zu sein. Er sitzt in seiner Ecke und beobachtet die Szene. Ich verstehe so allmählich, warum ich das Bett mit ihm teilen muss. Erstens sucht er körperliche Nähe und zweitens fängt er an, sich zu melden, wenn er Hunger hat. Das mit dem Nuckel findet er doof. Ist ja auch keine Zitze. Aber die non-verbalen Diskussionen, die er diesbezüglich mit mir führt, werden kürzer. Die Milch scheint ihm zu schmecken.

KAPITEL 8

KANERVA IST ABGEREIST UND DAS ALTBEKANNTE Verlassen-heitsgefühl stellt sich für einen Moment wieder bei mir ein. Wieso tut sie mir das an? Das ist doch ein Notfall. Da könnte sie ja auch mal ihren Termin verschieben.

Andererseits läuft alles soweit ganz gut. Was hat sie nochmal gesagt? *Liebe und der Wille* und dann fällt mit wieder die Situation mit Amanecer ein. Ich muss auch hier den Druck rausnehmen. Ich kann nichts erzwingen.

In der Leere liegt die Kraft. Ein volles Gefäß kann nichts aufnehmen.

Ich bin nicht Gott. Ich kann nur mein Bestmögliches tun und dazu gehört auch, ab und zu eine Pause zu machen. Den anderen zu Wort kommen zu lassen.

Ich mache mir Kaffee. Kanerva trinkt keinen Kaffee und auch keinen Alkohol. Alles hat zwei Seiten. Jetzt gibt's erst einmal Kaffee. Vielleicht lauf ich mal zu Päivi und frag sie, ob sie mir eine Flasche Rotwein aus dem Laden mitbringt. Ich muss versuchen, dem Ganzen etwas Positives abzugewinnen. Toivo blinzelt zu mir herüber. Er ist schon jetzt auf mich fixiert. Ich genieße es, wenn er mich beschnüffelt und mir mit seiner Zunge übers Gesicht leckt. Es kommt mir so vor, als ob er auch schon etwas gewachsen ist und mittlerweile trinkt er fünf bis sechs Liter Milch am Tag. Die Ästchen, die ich ihm gebracht habe, zernagt er. Das scheint ihm Spaß zu machen.

Die Tage vergehen mit den immer gleichen Abläufen. Ich verliere jedes Zeitgefühl, und das einsame Leben gefällt mir immer besser. Ich kann absolut machen, was ich will. Toivo ist morgens meistens müde und so sehe ich auch keine Ver-anlassung, aufzustehen oder mich umzuziehen. Mich sieht eh keiner und, wenn man mit einem Elch schläft, kann man das kleine Schwarze getrost im Schrank hängen lassen. Alles scheint perfekt zu laufen und ich genieße das Schlamperleben mit dem Elch. Wir essen jetzt auch immer zusammen. Das ist für mich besonders schön, weil ich ja seit Jahren alleine lebe und im Moment nicht einmal mehr Hunde habe. Obwohl die mit ihren Mahlzeiten meistens schon fertig waren, bevor ich überhaupt das Wohnzimmer betreten konnte. Die Tage vergehen mit Toivo füttern, Toivo kraulen, dösen, träumen und an Stevie und Amanecer denken. Aber wie es halt im Leben so ist, gibt es dann doch bald wieder ein Problem im Paradies. Die Gasflasche ist leer. Wie soll ich jetzt die Milch erhitzen?

Ich versuche es mit Holz. Das ist aber schwierig, weil es heute früh geregnet hat und ich auch keine Schnellanzünder oder wenigstens Zeitungspapier habe. Streichhölzer habe ich gefunden, aber ich kriege das Feuer nicht an. Außerdem muss ich Toivo allein in der Hütte lassen, wenn ich im Freien mit Feuer experimentiere. Er ist kräftiger geworden und trainiert weiter das Aufstehen. Manchmal klappt es einen kurzen Moment. Dann kippt er wieder um. Wenn ich zu den anderen Hütten gehe und Päivi um Hilfe bitte, habe ich das gleiche Problem. Tragen kann ich den Kleinen nicht mehr und laufen kann er nicht.

Ich versuche es mit handwarmer Milch. Das muss doch gehen, wenn er Hunger hat. Aber nein, Kanerva hatte recht, er weigert sich, die Milch zu trinken.

Jetzt habe ich ein echtes Problem. Es wird schon dunkel und der Weg um den halben See herum ist weit. Was, wenn Päivi gar nicht da ist. Ich könnte echt schon wieder die Wände hochgehen. Was soll ich machen? Toivo hat seit ein paar Stunden wieder diesen apathischen Blick und schläft viel. Ich entschließe mich, ihm ein paar Ästchen hinzulegen und ihn allein zu lassen. Ich nehme eine Taschenlampe mit.

Als ich das mökki verlasse, höre ich Toivo wimmern. Es bricht mir das Herz. Den ersten Teil der Wegestrecke versuche ich zu joggen. Dann muss ich eine Schrittrunde einlegen, weil ich total außer Atem bin und Seitenstechen habe. Nach ein paar Minuten fange ich wieder an zu laufen.

Ich war früher als Schülerin immer sehr gut in Leichtathletik. Ich konnte lange und schnell laufen und habe immer eine Ehrenurkunde bei den Bundesjugendspielen bekommen. Solche irren Gedanken gehen mir durch den Kopf. Ich sollte sogar zu Jugend trainiert für Olympia nach Berlin, aber, da ich damals schon Flingo, mein erstes eigenes Pferd hatte, kam das für mich nicht in Frage.

Du spinnst doch komplett, denke ich dann wieder, das war vor über fünfzig Jahren. Der Weg scheint endlos und der Untergrund ist uneben, aber ich glaube, in der Hütte brennt Licht.

Nach einer weiteren halben Stunde komme ich an der Hütte an. Päivi ist da, und ich schildere ihr die Situation. Sie weiß auch nicht, wie sie mir helfen kann. Schließlich bietet sie mir an, mich in den kleinen Laden zu fahren. Der hat eigentlich schon zu, aber die Eigentümerin wohnt nebenan und die Frauen kennen sich gut.

Wir haben Glück, ich bekomme meine Gasflasche und zwei Flaschen Rotwein. Man weiß ja nie, was noch alles passieren kann, aber Gott sei Dank haben wir das Milchproblem jetzt erstmal gelöst. Und noch viel besser, Päivi fährt mich zu meinem mökki zurück.

Als wir die Tür öffnen, trifft uns fast der Schlag. Der kleine Toivo steht auf zittrigen Beinen. Er hat seine Schlafecke verlassen, die Tischdecke heruntergezogen, den Tisch angenagt, einen Stuhl umgeworfen, und das ganze Zimmer sieht aus wie ein Schweinestall. Er hat Durchfall und alles vollgemacht. Wahrscheinlich hat er Angst gehabt- Verlassenheitsangst

-was sonst? Ist mir ja bekannt das Thema. Nach dem ersten Schock ist mir das aber alles egal. Der Kleine steht. Das ist ja unglaublich. Ich freue mich.

Päivi hilft mir, die Gasflasche anzuschließen. Ich setze die Milch auf. Genau vierzig Grad. Toivo schaut mich vorwurfsvoll an, aber er trinkt. Sechs Liter Milch muss ich warm machen. Die Temperatur ist richtig. Da ist er eigen.

Ich bedanke mich bei Päivi: „Du kannst dir gar nicht vorstellen, wie froh ich bin, dass du mich gefahren hast. Ich wusste echt nicht, was ich machen soll."

„Das ist doch selbstverständlich", sagt sie. „Ich finde es unglaublich, dass du dich so für den kleinen Elch einsetzt, und ich freue mich, dass du erfolgreich zu sein scheinst. Wenn du magst, kann ich dir morgen ein paar Kräuter zur Kräftigung für den Kleinen und gegen den Durchfall bringen. Mein Bruder hat da eine Spezialmischung."

„Das wäre super. Vielen Dank", sage ich.

Päivi verabschiedet sich und ich hole erst einmal einen Putzeimer und versuche, klar Schiff zu machen in unserem Zimmer. Ich mache die Fenster auf, denn es riecht wie im Affenhaus in der Wilhelma. Dann hole ich frisches Stroh und neue Decken für unser Bett und mache mir eine Suppe. Toivo steht neben mir am Tisch und drückt sein Köpfchen in meine Taille. Er ist so süß der Kleine. Dann ziehen wir uns in unsere Ecke zurück. Er kuschelt sich richtig an mich. Ich bin glücklich.

Zwei Wochen später haben wir weitere Fortschritte gemacht. Toivo fängt an zu laufen, und ich habe ihm ein Halfter aus einem dünneren Tau, das ich an der Bootsanlege gefunden habe, gebastelt. Wir machen nun täglich unsere Spaziergänge, jeden Tag ein bisschen weiter. Das mit den Ästen klappt auch gut, aber kaltes Wasser will er nicht trinken.

Ich habe auch endlich Stevie erreicht, zwar nur über WhatsApp, aber immerhin. Wenn ich einen guten Kilometer in die Richtung laufe, wo Päivi wohnt, gibt es eine leicht erhöhte Stelle am See, genauer genommen, ein paar Felsblöcke, wo ich Internet habe. Nur einen bis zwei Balken, aber WhatsApp funktioniert. Stevie hat sich große Sorgen um mich gemacht und ist froh, dass es mir gut geht. Er hat erst vor ein paar Tagen über das Reitzentrum herausgefunden, dass ich in Finnland bin. Er kann es kaum erwarten, dass ich zurückkomme. Leider kann ich ihm keinen konkreten Termin nennen. Es hängt von dem kleinen Elch ab. Wenn er gelernt hat, Wasser aus dem Trog zu trinken, kann er in die Elchfarm, die hier ganz in der Nähe sein muss. Aber dafür muss er ganz von der Milch entwöhnt sein und selbstständig Wasser trinken und sein Futter fressen.

Mittlerweile machen wir immer größere Tagestouren.

Ich habe mir auch überlegt, den Innenhof zwischen mökki und Plumpsklo in eine eingezäunte Koppel zu verwandeln. Dann könnte Toivo selbstständig herumlaufen und ich könnte mehr Zeit im Freien verbringen. Das Wetter ist besser geworden. Die Sonne kommt häufiger heraus und es regnet auch nicht mehr so viel. Ich könnte ja auch mal schauen, ob meine drei Fische noch da sind.

Das Praktische ist nämlich, dass ich nur drei Seiten einzäunen muss, weil vorne der See ist, und die Bootsanlege könnte der dritte Punkt für das Gehege sein. Hinter der Hütte gibt es einige Bretter. Das müsste machbar sein.

Und wirklich. Das geht. Gewinnt zwar keinen Schönheitspreis, aber wir haben jetzt eine Koppel. Toivo findet das toll. Er schnüffelt zuerst alles ab und macht dann ein paar wilde Bocksprünge. Wir sind ab sofort jeden Tag für ein paar Stunden im Garten. Das ist schön für uns beide. Ich nehme mir ein Buch mit heraus, und wir genießen die Sonne.

Und dann passiert wieder etwas völlig Unerwartetes: am dritten Tag läuft mein kleiner Elch zum See, senkt sein hübsches Köpfchen und trinkt! Ich könnte schreien vor Glück und mache Fotos von meinem Elchkind. Ich bin stolz auf ihn, auf uns. Wir haben es geschafft.

Keine halbe Stunde später höre ich ein Auto. Kanerva ist zurück. Das Leben ist gut!

„Hei Elke, kaikki kunnossa?" alles ok? ruft sie mir zu, als sie aus dem Auto hüpft. „Das ist ja eine super Idee, ihm einen Auslauf zu bauen."

„Kanerva, Ich freue mich so, dass du da bist. Stell dir vor, er hat eben aus dem See getrunken. Ich bin so glücklich."

„Jetzt bist du eine richtige Schamanin. Ich hab's dir ja gesagt. Der Wille und die Liebe, das sind die beiden treibenden Kräfte im Leben. Du hast sie gefunden und du hast dich durch nichts aufhalten lassen. Nicht rechts oder links geschaut, sondern dich nur auf das Eine konzentriert. So macht man das. Das ist Heilung. Was hast du gelernt?"

„Wie du sagst, es braucht Commitment, also Engagement, Konzentration und Liebe. Man muss da sein, eine Verbindung aufbauen, alle Zweifel beiseiteschieben und es braucht viel Empathievermögen und, wie du immer gesagt hast, man kann nichts erzwingen. Man kann nur offen sein und leer für die kosmischen Geschenke. Eigentlich habe ich nämlich gar nichts gemacht. Ich war nur da für den Kleinen und habe meiner Intuition vertraut. Und zum Thema Geduld – ja", ich muss lachen, „darüber habe ich in den letzten Wochen extrem viel gelernt."

„Gut, du hast es verstanden. Man muss sein Ziel klar vor Augen haben und die Demut entwickeln, die heilenden Energien durch sich fließen zu lassen im Vertrauen darauf, dass alles gut wird. Ich bin auf der Herfahrt bei der Elchstation vorbeigekommen. Wir können ihn morgen bringen."

Ich stutze kurz. Sie hat es schon wieder gewusst. Sie hat mich gar nicht allein gelassen, und der Kleine ist ihr auch nicht egal. Er war mein Projekt, meine Aufgabe. Eine Initiation. Wie sie gesagt hat.

„Du bist unglaublich", sage ich mit einem Gefühl der Demut und Bewunderung und ich muss aufpassen, dass ich nicht schon wieder zu heulen anfange, „und ich danke dir für dein Vertrauen und die Chance, die du mir gegeben hast. Wollen wir einen Spaziergang machen?"

Kanerva meint: „Selvä!" klar, und nickt.

Ich will das Halfter holen, aber sie macht einfach das Gatter auf und bedeutet mir, zu kommen. Ich bin erschrocken. Was, wenn er wegrennt? Aber er kommt sofort zu mir her und stupst mich mit seiner langen Nase an. Ich muss lachen. Ja, er hängt sehr an mir, der kleine Toivo.

Wir laufen am See entlang, Toivo schnüffelt hier und da, galoppiert vor uns her und springt seine Kapriolen. Hin und wieder rupft er an einem Kraut herum, spielt mit den Wellen und nimmt einen Schluck aus dem See. Er hat gelernt, sich selbst zu versorgen. Ich bin gespannt, was er sagt, wenn er die anderen Elche sieht.

Wir verbringen einen schönen Abend zusammen.

Mitten in unserem Gespräch sagt Kanerva plötzlich: „Du hast das gut gemacht mit dem kleinen Elch. Aber jetzt ist Zeit, ihn loszulassen."

Das wird schwer für mich. Ich habe mich so an den Kleinen gewöhnt. Der Gedanke, dass das unser letzter Abend ist, durchfährt mich wie ein Stich. Ich konnte das bis jetzt ganz gut verdrängen.

Sie schaut mich an und sagt: „Du kannst jederzeit wiederkommen und ihn besuchen. Er wird dich nicht vergessen. Du bist seine Mama. Aber jetzt ist die Zeit gekommen, nach Hause zu fahren zu deinen Pferden und zu deinem Mann."

Das hört sich gut und bedrohlich an. Ich habe irgendwie gemischte Gefühle diesbezüglich. Was ist los mit mir? Ich habe Stevie und meine Pferde so vermisst. Auch an Amanecer musste ich die letzten Tage viel denken. Ich glaube, dass ich ihm auch fehle.

Am nächsten Morgen räumen wir das mökki auf. Es ist nicht viel übrig geblieben von den Lebensmitteln. Toivo spielt im Garten in der Sonne. Wir packen das Auto und Kanerva sagt, ich solle mit ihm am See entlang, Richtung Päivis mökki laufen. Sie hole einen Hänger und käme mir dort entgegen. Es sei zu weit, den ganzen Weg zu laufen. Das Halfter solle ich ihm drauf machen. Das sei gut.

Ich mache mich auf den Weg mit meinem kleinen Elchkind. Unser letzter Spaziergang. Das ist wunderschön und traurig zugleich. Ich werde das ganz bestimmt vermissen. Die Sonne, der See, die blühenden Weidenröschen, das sandige Ufer und die Kiefern und Tannen. Das Licht in Finnland ist auch ganz speziell. Sehr klar und hell. Ganz anders als bei uns. Kanerva hat gestern noch etwas Lustiges gesagt. Sie hat mich gefragt, ob ich wüsste, was Elch auf Englisch heißt.

Ja, klar „elk" habe ich geantwortet.

„Elk, Elke schon manchmal komisch das Leben", grinst sie mich an.

„Ja", denke ich, „mir hat mein Name nie wirklich gefallen, aber jetzt ist mir klar, dass das wirklich ganz gut passt."

Toivo geht lieb auf den Hänger. Kanerva hat eine Spur von Pellets auf den Boden gestreut. Das gefällt ihm und er sammelt sie alle auf. Hänger fahren macht Spaß. Und auch hier lerne ich wieder, wenn man keinen Druck macht, geht alles ganz leicht.

Auf der Station werden wir schon erwartet. Die Leute sind sehr beeindruckt von mir und sagen, dass die Chance, den

Kleinen durchzubringen, nicht sehr groß war. Ich staune und denke: Gott sei Dank habe ich das nicht gewusst.

Als Toivo die anderen Elche sieht, ist er zunächst erschrocken und schmiegt sich ganz eng an mich. Wir laufen am Gatter entlang und alle Elche – es sind sieben – kommen direkt an den Zaun und bestaunen uns. Olavi, der Eigentümer und Chef der Station schließt den Eingangszaun und meint, ich solle ihn loslassen, damit er selbst entscheiden kann, wie nah er sich an die anderen herantraut. Das Halfter bleibt erst einmal drauf, aber ich mache den Führstrick ab.

Toivo geht ganz dicht an den Zaun und beschnüffelt die anderen Elche. Dann galoppiert er am Zaun entlang. Hin und her, dazwischen ein paar Luftsprünge. Er spielt mit den anderen. Er scheint Spaß zu haben. Olavi öffnet den Zaun und der Kleine geht in die Herde. Ein wildes Wettrennen beginnt, wie wenn Kinder Fangen spielen.

Ich freue mich für ihn und bin zugleich traurig. Er hat mich jetzt schon vergessen. In dem Moment dreht er noch einmal um, kommt an den Zaun und gibt mir einen schmatzenden Elchkuss auf den Arm. Ich berühre noch einmal seinen weichen Hals und drehe mich um, bevor ich zu weinen anfange. Es ist alles gut. Wir haben es geschafft.

KAPITEL 9

DIE RÜCKFAHRT MIT KANERVA VERLÄUFT FRÖHLICH. Wir halten zum Mittagessen an einem schönen Restaurant, ganz im karelischen Stil. Als Allererstes frage ich, ob es Wifi gibt und ob ich das Passwort haben kann. Das Passwort heißt „hirven_lapio". Das heißt Elchschaufel. Das finde ich jetzt wirklich witzig. Aber das Allerwichtigste ist im Moment, dass ich endlich Stevie anrufen kann.

Als ich auf WhatsApp gehe, sehe ich zehn Nachrichten von ihm. Er hat mich nicht vergessen. Und es ist wunderschön, seine Stimme zu hören und zu fühlen, wie sehr er sich freut. Und natürlich fragt er, wann ich zurückkomme. Er hat sich Sorgen gemacht und ist ins Barockreitzentrum gefahren, weil ich nie erreichbar war und auf keine seiner Nachrichten reagiert habe. Deshalb wusste er auch schon, bevor Kanerva ihn angerufen hat, dass ich mich nicht melden konnte und dass ich irgendwo in der finnischen Wildnis war. Ich verspreche, ganz bald zu kommen, am liebsten noch heute Abend oder morgen früh. Ich muss das erst checken. Ein offenes Ticket habe ich ja bereits.

Dann lese ich meine anderen WhatsApp Nachrichten und da trifft mich schon wieder der Schlag. Amanecer geht es nicht gut. Der Tierarzt war schon zweimal da. Er hat Kolik. Ich rege mich total auf.

Kanerva sieht mich an und sagt: „Was hast du gelernt?"

Sie hat recht. Ich kann im Moment nichts machen. Ich muss Vertrauen haben, dass alles gut wird, dass ich rechtzeitig heimkomme. Ich entspanne mich ein bisschen und sende ihm in Gedanken Kraft und Liebe. Wir überprüfen die Flugverbindungen und ich sehe, dass ich online einchecken kann. Es gibt tatsächlich heute Abend noch einen Flug.

Der Abschied in Helsinki-Vantaa ist herzlich. Ich habe so unglaublich viel gelernt in den letzten Wochen und ich fühle mich reich beschenkt.

„Du hast das wirklich sehr gut gemacht mit Toivo. Du kannst stolz auf dich sein. Hab Vertrauen, dass das mit deinem Pferd auch gut verlaufen wird und erinnere dich immer daran, was du gelernt hast."

„Paljon kiitoksia, Kanerva." Ich kann ihr nicht genug danken. „Nähdään pian", wir sehen uns bald.

Eine letzte herzliche Umarmung und ich stürze mich in die Menschenmenge auf dem größten finnischen Flughafen. Da ist sie wieder die alte Hektik, das zivilisierte Leben in der Stadt, dieses künstliche Leben mit dem Geruch von Plastik und Diesel und Terminen, die sich jagen. Wie schön und wie anders war es doch an meinem finnischen See.

Gegen 21 Uhr lande ich in Echterdingen und fahre direkt in den Stall zu meinem Pferd. Amanecer liegt in der Box und will nicht aufstehen. Meine Stallmitbewohner beobachten mich vorwurfsvoll.

Ich habe das Gefühl, dass sie mir die Schuld geben, weil ich ja immer nur in Urlaub bin. Ich denke an Kanerva und Toivo und öffne die Boxentür. Ich knie mich zu meinem Pferd streiche ihm beruhigend über den Hals. Ich bin jetzt da. Es wird alles gut.

Amanecer sieht mich an und brummelt leise. Ich streichle ihn und setze mich ganz dicht zu ihm. Von außen rufen mir meine Stallkollegen zu, dass das Pferd aufstehen und in die Klinik muss. Ich erinnere mich an Kanervas Worte: „Die Leere, kein Druck." Ich werde nicht versuchen, ihn zum Aufstehen zu zwingen. Im Übrigen geht das ja auch gar nicht.

Die Leute, die sich vor meiner Box angesammelt haben, gehen allmählich und ich höre leises Getuschel in der Stallgasse. Nach und nach sind alle weg. Es ist 22.30 Uhr. Ich werde immer ruhiger. Ich bin einfach da für ihn und fühle die starke Verbindung, die zwischen uns besteht. Er leckt meinen Arm ab. Es tut ihm gut, dass ich bei ihm bin. Ich weiß nicht, wie lange wir so nebeneinandersitzen. Irgendwann beginnt er, seine Beine zu bewegen.

Ich stehe auf und gebe ihm Raum, Raum, um aufzustehen. Und wirklich. Er steht auf. Ich umarme ihn. Dann hole ich sein Halfter und lege es ihm an. Ich öffne die Boxentür und wir laufen in die Dunkelheit. Es sind keine anderen Menschen mehr da. Es ist Kuhnacht, aber Pferde sehen sehr gut bei Nacht, viel besser als wir Menschen, doch auch meine Augen gewöhnen sich an die Dunkelheit, je mehr wir uns vom Stall entfernen. Ich lasse ihn die Richtung bestimmen. Er läuft bergauf Richtung Waldkindergarten. Es ist schön auf dem Waldweg. Es duftet nach Tannen und feuchtem Waldboden. Der Weg ist in ein fast schwarzes Dunkelblau getaucht, das durch das Licht des abnehmenden Mondes zustande kommt.

Amanecer wird nicht operiert. Derartige Operationen sind gefährlich und oft kommen die Koliken danach zurück. Er ist ein junges, starkes Pferd. Wir schaffen das so. Mir fällt ein Film ein über einen Mustang namens Cloud, der in den kanadischen Rockies lebt. Ich habe den Film, einen Dokumentarfilm, damals bei meiner Ausbildung bei Monty Roberts in Kalifornien gesehen. Cloud wird dort, vermutlich durch Hengstkämpfe, schwer verletzt. Er humpelt auf drei Beinen und die Fotografin, die die Herde mehrere Jahre mit der Kamera begleitet hat, ist traurig, weil sie sich nicht vorstellen kann, dass Cloud es ohne Tierarzt in der Wildnis schafft. Zwei Jahre später, als sie schon befürchtet hatte, er sei tot, sieht sie ihn, völlig wiederhergestellt, mit seiner Stute und einem Fohlen bei Fuß.

Die Geschichte fühlt sich gut an. Man braucht nicht immer gleich einen Tierarzt und eine Operation, obwohl das jetzt nicht heißen soll, dass Tierärzte überbewertet werden. Ganz im Gegenteil. Mir haben sie schon sehr oft geholfen bei meinen Pferden, aber in diesem jetzigen Fall habe ich einfach das Gefühl, dass es so geht. Amanecer ist ein sehr sensibles Pferd, obwohl er nach außen ganz anders wirkt. Pferde sind in mancher Hinsicht genau wie wir Menschen. Männer wollen in den meisten Fällen keine Weicheier sein und geben sich oft nach außen hin überlegen bis gelangweilt. Bei Amanecer bin ich mir sicher, dass er seine Mama vermisst hat. Aber jetzt bin ich ja wieder da.

Ich schreibe Stevie eine WhatsApp und insgeheim hoffe ich, ihn heute noch zu sehen, aber er antwortet nicht. Vermutlich schläft er schon.

Ich umrunde mit Amanecer den ganzen Wald und bringe ihn dann in die Box zurück. Es geht ihm besser. Ich spüre nun auch die Müdigkeit und gehe schlafen.

Ich schlafe auch gleich ein, habe aber wilde Träume, Toivo, der nicht aufstehen will, Amanecer, dem es nicht gut geht und dann erlebe ich eine Vision, die ich vor einigen Jahren hatte, als Thais, mein Lipizzanerhengst eingeschläfert werden musste, noch einmal ganz intensiv.

Im Allgemeinen bringen wir die Pferde zum Einschläfern hinter die Reithalle und decken sie mit LKW-Plane ab, damit die Tiere aus dem Wald sie nicht annagen, bevor der Abdecker kommt. So war es damals auch mit Thais. Ich war todtraurig und sattelte Maxim, meinen Friesenhengst und ritt mit ihm den gleichen Weg, den ich eben mit Amanecer gelaufen bin, durch den Wald.

Oben im Wald sah ich plötzlich im Abstand von ungefähr zweihundert Metern einen Schimmel parallel zu uns durch die Bäume galoppieren. Zuerst war ich erschrocken und dachte, Usurero, mein spanischer Hengst sei abgehauen, aber dann sah ich näher hin. Es war gar nicht Usurero, es war Thais, der da galoppierte, und er wirkte total fröhlich und übermütig.

Die ganze Schwere, die ich bis dahin gefühlt hatte, war wie weggeblasen. Ich war richtig glücklich, fragte mich aber dann doch, ob ich jetzt verrückt geworden war. Ich drehte sogar mit Maxim um und kontrollierte die Rückseite der Reithalle. Vielleicht war Thais ja gar nicht tot, vielleicht war mit den Spritzen etwas schiefgegangen, aber das abgedeckte Pferd lag noch da, als ich zur Reithalle kam. Konnte es sein, dass er nicht wollte, dass ich so traurig bin und mir zeigte, dass es ihm jetzt gut geht und dass meine Entscheidung, ihn einschläfern zu lassen, richtig war?

Dieses Erlebnis hat mich lange beschäftigt, weil ich das Pferd ganz real gesehen habe. Es war überhaupt nicht irreal oder mystisch. Ich bin auch keine abgehobene Spinnerin und ich habe mir diesen Film auch nicht gewünscht oder eingeredet. Ich war ja dabei, als das Pferd eingeschläfert wurde.

Wie dem auch sei, es war schon komisch, dass ich das ausgerechnet heute Nacht geträumt habe. Hoffentlich ging es Amanecer gut, er war doch gestern sehr gut gelaufen und hatte sogar einmal geäpfelt und mehrmals geschnaubt.

Als ich in den Stall komme, liegt er wieder. Oh je, das gefällt mir gar nicht. Ich bleibe lange bei ihm in der Box, obwohl er eigentlich nicht so wirkt, als ob er Schmerzen hätte. Was soll ich tun? Ich muss den Kopf frei bekommen und leer und ruhig werden. Diese ganze Panik bringt doch nichts.

Ich beschließe, eine Runde alleine in den Wald zu gehen, um mich zu beruhigen und plötzlich, an beinahe derselben

Stelle, an der ich das Erlebnis mit Thais vor ein paar Jahren gehabt habe, sehe ich nun Amanecer galoppieren. Tränen schießen mir in die Augen. Ist er jetzt tot und ich bin schuld, weil ich den Tierarzt nicht gerufen habe? Das würde ich mir nie verzeihen. Das kann doch nicht sein. Er sah doch viel besser aus, und ich konnte bisher immer unterscheiden, ob ein Pferd Schmerzen hat oder nur müde ist.

Wie gelähmt starre ich auf das galoppierende Pferd. Das sieht total echt aus, absolut nicht wie eine Vision und ich höre doch sogar den Schlag seiner Hufe und das Rascheln der Äste, die er im Galopp streift. Aber das war doch damals auch so gewesen. Bin ich verrückt?

Und dann sehe ich plötzlich Stevie, der auf mich zu rennt und mir winkt. Ich frage mich, ob ich mir das alles nur einbilde. Das kann doch alles gar nicht sein. Vielleicht träume ich nur.

Dann höre ich Stevie rufen: „Amanecer ist mir abgehauen! Da drüben im Wald."

Oh mein Gott, er ist nicht tot und ich bin nicht verrückt. Amanecer galoppiert wirklich durch den Wald. Gott sei Dank! Ich laufe ein Stück zurück auf dem Weg und rufe ihn: „Amanecer, hier."

Mein Pferd schaut zu mir herüber und wird langsamer. Ich rufe noch einmal „Amanecer!" und wirklich, er kommt. Er kommt bis auf einen Meter her, bleibt dann stehen und schaut mich an.

„Schatz", sage ich „geht's dir wieder gut? Ich bin so froh."

Dann gehe ich auf ihn zu und umarme seinen Hals. Er brummelt irgendetwas, was ich nicht verstehe, aber es klingt wie eine Liebkosung. Jedenfalls interpretiere ich das so und antworte: „Ich habe dich auch vermisst und ich liebe dich auch."

Von hinten höre ich Stevie: „Da könnte man ja direkt eifersüchtig werden."

Ich drehe mich um und drücke ihn so fest ich kann.

„Dich liebe ich auch. Das weißt du doch. Schwarze Haare, großer Kopf!"

Wir lachen beide und umarmen uns ganz fest.

Amanecer stupst mich von hinten an.

„Du brauchst auch nicht eifersüchtig zu sein mein Schöner."

Und dann gehen wir zu dritt zurück in den Stall ohne Halfter und Führstrick.

Ich rede jetzt natürlich von meinem Pferd. Stevie würde ein Führstrick vermutlich nicht gefallen, und auch hier sind sich die beiden durchaus ähnlich. Und ich denke an Finnland und erzähle meinen zwei Männern, dass ich da mit einem Elchkalb spazieren gegangen bin, und dass es auch ganz freiwillig und ohne Strick mit mir mit ging. Dass es Toivo heißt, was „Hoffnung" bedeutet. Und dann erkläre ich Stevie, dass Amanecer „die Geburt des Morgens" bedeutet und eigentlich ein sehr schöner Name mit einer ganz ähnlichen Bedeutung wie Toivo ist. Ein neuer Tag, eine neue Chance, ein neues Leben.

„Und was bedeutet Stevie?", frage ich.

„Der Gekrönte, der Sieger. Das bin ich auch mit einer Frau wie dir. Und welche Bedeutung hat Elke?"

„Die Allergrößte, hoffe ich", ich lache. „Aber Scherz beiseite, Elke ist die friesische Kurzform von Adelheid und bedeutet die Edle, die Vornehme."

Ich lächle und bin wirklich glücklich. Wenn ich mir vorstelle, wie viele Zweifel und Probleme ich vor Kurzem noch hatte, bevor ich nach Finnland gereist bin, und jetzt war alles so wunderschön.

Stevie möchte alles über Finnland wissen. Er war noch nie dort. Norwegen kennt er natürlich bestens. Da war er schon einige Male tauchen und von Tromsø aus ist er damals mit der Polarstern für zwei Monate in die Arktis gefahren. Einmal ist er zu Tode erschrocken, als ihm plötzlich ein Riesenwal entgegengeschwommen kam. Das war auch eine durchaus gefährliche Situation damals. Trotzdem liebt er Norwegen sehr, aber in Finnland war er noch nie. Er hat aber schon viel über Land und Leute gelesen und würde sehr gerne einmal hinfahren. Am liebsten mit mir. Das freut mich sehr und ich verspreche ihm, dass wir das ganz sicher bald machen werden und dass ich ihm Toivo, meinen kleinen Elch vorstellen möchte und natürlich Kanerva und Päivi und die wunderschöne Seenlandschaft von Saimaa.

KAPITEL 10

Ich habe jetzt Amanecer täglich geritten die letzten zwei Wochen. Es geht ihm gut. Er ist noch anhänglicher und verschmuster geworden als früher und er läuft auch besser. Nur dauert es endlos lange, bis er auf Temperatur kommt.

Ich habe jetzt die Technik, die ich schon vor vier Wochen angefangen habe, verbessert: antraben und, wenn er ausfällt, ein paar Meter Schritt und dann wieder antraben. Das Ganze so lange hin und her, bis er aufgewacht ist. Dann geht es sehr gut. Wenn ich es erzwingen will, droht er immer noch mit Bocken, allerdings bockt er nicht mehr ganz so gefährlich wie früher, dafür geht er taktunrein, um nicht zu sagen lahm, wenn ich zu ungeduldig bin.

Ich muss unbedingt einen Tierarzt oder Physiotherapeuten hinzuziehen. Vielleicht kann er ja aus irgendeinem Grund einfach nicht so leicht antraben, obwohl das erst angefangen hat, seit ich an der Versammlung arbeite und ihn mehr auf die Hinterhand setze. In den versammelten Gangarten werden die Pferde vorne gefühlt höher und leichter. Sie sehen eleganter aus und sind dann erst in der Lage, schwierigere Lektionen wie Traversalen oder Pirouetten lernen und ausführen zu können.

Ich weiß aber, dass demnächst der Weltmeister in Working Equitation, Nuno Avelar, zu uns auf die Anlage kommt und davon verspreche ich mir sehr viel. Er ist Portugiese und er kennt sich bestens mit Lusitanos aus. Ich werde auf alle Fälle mit Amanecer teilnehmen.

Amanecer ist nämlich ein Hispano-Lusitano, das heißt, er hat von väterlicher Seite Lusitano, also portugiesisches Blut, und von mütterlicher Seite spanisches. Vom Temperament scheint er aber definitiv eher ein Lusitano zu sein, und da ich mit Lusitanos nicht so viel Erfahrung habe wie mit spanischen Pferden, ist es sicher kein Fehler, einen Spezialisten zu fragen. Und wer könnte dafür besser geeignet sein als der Weltmeister, der auch noch europäischer und portugiesischer Meister ist.

Ich war von ein paar Jahren, ich glaube, es war 2004/2005, in Portugal, in Alcainça und habe dort Lusitanos geritten. Das waren aber nur zwei Urlaubswochen. Beinahe hätte ich dort einen Lusitanohengst gekauft. Er war dunkelbraun, extrem hengstig, aber gut geritten und er hieß Primarosa. Ich weiß nicht mehr, warum das damals nicht geklappt hat. Ich glaube, es ging ums Geld.

Während der Zeit des Aufbaus meines Reitzentrums und auch in der Zeit danach hatte ich ständig Geldprobleme. Als landwirtschaftlicher Betrieb kann man mit all den Auflagen, denen man unterliegt, kein Geld verdienen. Nach den beiden Aufenthalten in Portugal wollte ich unbedingt einen Lusitano haben, aber das hat nie geklappt, und ich habe es auch bislang nicht mehr bis nach Portugal geschafft.

Probleme wie mit Amanecer habe ich während meiner ganzen Karriere nie gehabt. Ein Pferd, das sich weigert, vorwärtszulaufen, habe ich in meiner ganzen bunten Sammlung noch nie erlebt. Klar gab es absolute Faulpelze, aber ein Pferd, das sich nicht einmal im Gelände antraben oder angaloppieren lässt, ist mir neu.

Da ich großen Respekt vor Nunos Erfolgen habe und, da ich ihn ja auch gar nicht persönlich kenne, habe ich mir überlegt, Amanecer gar nicht zu reiten, sondern vom Boden aus zu arbeiten. Ich habe absolut keine Lust die Lachnummer des ganzen Kurses abzugeben, denn eine Reiterin, die ihr Pferd nicht antraben kann, ist sicher ein Alleinstellungsmerkmal, das ich nicht anstrebe. Aber mehr als die Blamage fürchte ich, dass der Weltmeister das Vorwärts erzwingen wird, und ich will auf gar keinen Fall unfair und grob zu meinem Pferd sein.

Aber wie so oft in meinem Leben, läuft alles mal wieder komplett anders als geplant.

Ich bin im Kurs von Nuno Avelar an vierter Stelle eingeplant und ich ziehe ganz gezielt statt einer Reithose meine Jeans an und erscheine mit meinem Pferd mit Trense, Bauchgurt und langem Zügel, aber ohne Sattel.

Nuno kommt sofort zu mir und fragt mich, warum da kein Sattel drauf wäre auf meinem Pferd. Ich erkläre ihm die Situation in kurzen Sätzen und sage ihm auch, dass ich das Pferd auf keinen Fall mit Gewalt zu etwas zwingen will, was es offensichtlich nicht leisten kann. Ich will erst einen Tierarzt zu Rate ziehen, denn das Lahmen gefiel mir überhaupt nicht.

Nuno sagt nur: „Get your saddle!"

Verdammt, genau das habe ich nicht gewollt. Ich möchte mir nicht die gute Beziehung kaputt machen lassen, die ich mit meinem Pferd aufgebaut habe. Ich möchte ihn nicht vorwärtsprügeln und ich möchte auch nicht, dass Nuno das tut. Weltmeister hin oder her.

Misslaunig gehe ich zurück in den Stall und sattle. Wenn ich das gewusst hätte, dann hätte ich doch wenigstens eine kleine Runde im Gelände mit ihm gemacht vor der Trainingseinheit, damit er zumindest warm ist. Ein Kaltstart mit ihm kann niemals funktionieren. Das wird die Katastrophe.

Ich schlurfe lustlos zur Halle. Am liebsten würde ich einfach abhauen.

Ok, mach dich nicht lächerlich, sage ich mir dann und atme tief durch. Wir versuchen es einfach, aber schlagen werde ich ihn nicht. Wenn Nuno sauer wird und etwas von mir verlangt, was ich nicht will, werde ich absteigen und gehen.

Ich steige an der Aufstiegshilfe am Halleneingang auf und reite an im Schritt rechte Hand.

Keine Minute später ruft Nuno: „Trot!"

Das ist ja wohl nicht wahr, denke ich. Ich hab ihm doch ausdrücklich erklärt, dass das nicht geht. Ich brauche mindestens zwanzig Minuten Aufwärmphase, bevor er sich antraben lässt. Ich schaue den Weltmeister entgeistert an.

„Trot!", kommt unerbittlich zurück. Ich versuche es und gebe mit Kreuz und Schenkeln die Trabhilfe.

Amanecer ignoriert mich.

„More leg!", ertönt es von unten.

Ich drücke die Waden vermehrt an mein Pferd.

Amanecer spannt sich, drückt den Rücken weg. War ja klar, denke ich mir.

„Give him a tic!", höre ich von Nuno, was so viel bedeutet wie: „Benutz die Gerte!"

Ebenfalls vorhersehbar, dass das jetzt kommt. Ich schäume innerlich. Ich weiß ganz genau, wie das enden wird. Trotzdem ticke ich ihn leicht mit der Gerte an, er schüttelt unwillig mit dem Kopf.

„Again!", schreit Nuno.

Ich setze die Gerte etwas stärker ein und Amanecer explodiert. Er springt mit allen vier Beinen in die Luft und wölbt seinen Rücken nach oben wie ein Rodeopferd. Ich sitze auf der Abschussrampe auf der höchsten Stelle, Amanecers Kopf ist vorne zwischen den Vorderbeinen, die Kruppe ist rund wie ein Croissant und die Hinterbeine scheinen die Vorderbeine zu berühren. Er springt senkrecht nach oben, es geht keinen Millimeter vorwärts.

„Kopf hoch, vorwärts!", brüllt Nuno.

Ich versuche Amanecers Kopf nach oben zu bekommen und lege erneut die Beine an. Der nächste Rodeosprung mit einem winzigen Vorwärtseffekt, aber Amanecers Kopf bleibt ganz unten.

Wieder und wieder versuche ich, den Kopf nach oben zu ziehen, was auf einem so übel bockenden Pferd nicht leicht ist, da ich an allererster Stelle daran interessiert bin, nicht abgeworfen zu werden.

Nuno schreit: „Bring his head inside and up!"

Ich versuche, den Kopf ins Bahninnere zu stellen und nach oben zu ziehen. Nach mehreren Rodeosprüngen gelingt das, wir gewinnen an Boden. Meine Zügel sind jetzt ganz kurz. Amanecer sieht vermutlich aus, wie eine bockende Giraffe. Meine Arme sind hoch in der Luft. Er bockt weiter, geht aber dabei vorwärts. Das geht fast achtzig Meter so, die ganze lange Seite, die kurze Seite und nochmal die halbe lange Seite der Halle. Dann habe ich endlich den Kopf in der richtigen Position. Ich merke, dass ich so das Bocken abstellen kann.

„Wow!", denke ich. „Das ist ja unglaublich!" Ich bin schweißgebadet. Auf einmal geht ein Ruck durch mein Pferd und er trabt. Taktrein, fleißig wie noch nie! Dann schnaubt er sogar und ich kann die Zügel wieder etwas länger lassen.

„Super!", höre ich von Nunos Seite. „Loben!"

Ich bin mehr als überrascht. Das hätte ich nie im Leben geglaubt. Mein Pferd ist wie ausgetauscht. Er läuft wie frisch geölt, total rund, federleicht und willig. So ein Gefühl hatte ich definitiv noch nie auf ihm. Ich will mich gerade entspannen und fragen, ob ich nun durchparieren soll, da ruft Nuno mir zu: „Canter!"

Das kann ja jetzt echt nicht sein Ernst sein. Für mich waren die letzten fünf Minuten ein Quantensprung in der Zusammenarbeit mit Amanecer. Ich würde ihn jetzt ganz extrem loben und aufhören. Aufhören ist doch in den meisten Fällen die größte Belohnung, die man einem Pferd machen kann. Wenn wir jetzt weitermachen, gefährden wir diesen Erfolg und machen eventuell alles kaputt, was wir erreicht haben.

Nuno schaut mich provokativ an und wiederholt, dieses Mal auf deutsch: „Angaloppieren!"

In mir sträubt sich alles, aber ich gebe die Galopphilfe. Das gleiche Spiel wie vorhin. Er reagiert nicht.

„Insist!", kommt das Kommando von Nuno.

Ich verstärke die Hilfe.

Amanecer verspannt sich sofort, schüttelt wütend mit dem Kopf und stößt einen unwilligen Fauchton aus.

„Gerte", höre ich Nuno.

Kaum berühre ich ihn mit der Gerte geht das Rodeo wieder los. Er springt wie ein umgedrehtes U zwei Meter hoch in die Luft. Ich mache die Knie zu, damit er mich nicht ausheben kann, von unten schreit Nuno: „Get the head up!"

Dieses Mal bin ich schneller. Nach einer halben Runde Rodeo lässt er sich in Känguruhsprüngen vorwärtsreiten, mir geht durch den Kopf, was für eine bescheuerte Figur ich wohl abgebe.

Wie ein Klammeraffe mit hochrotem Kopf in Jockeyhaltung mit hochrutschenden Jeans und Jodhpurstiefeln. Herr von Neindorff, mein jahrelanger väterlicher Freund und Reitmeister, wäre schockiert.

Der korrekte Sitz war im Karlsruher Reitinstitut immer das Wichtigste. Langes, entspanntes Bein, Absatz, Popo und Schultern bilden eine Linie, die Ellenbogen im rechten Winkel, tiefes Händchen. Nichts von alledem bekomme ich im Moment hin. Immerhin bin ich noch nicht heruntergefallen.

„Get him forward. More activity!" unterbricht Nuno meine Gedanken und plötzlich, wie vorhin im Trab, lässt mich mein Pferd butterweich sitzen, die Spannung im Hals lässt nach, er lässt den Kopf fallen, im gleichen Moment wird die Hinterhand aktiv und er galoppiert leicht und aktiv, fast schon zu schnell und vor allem ganz allein vorwärts.

Nach einer halben Runde schnaubt er, ich muss fast gar nicht mehr treiben, und wir galoppieren Runde um Runde. Der Kampf ist vorbei. Er lässt mich entspannt und weich sitzen, gerade und korrekt, tiefer Absatz, langes Bein, alles wie aus dem Lehrbuch und es macht einfach nur Spaß.

Ich bin sprachlos. Das war eine unglaubliche Reiteinheit. Ich habe in einer halben Stunde mehr gelernt und erreicht als im ganzen letzten Jahr. Ich bin überwältigt und glücklich. Das hätte ich nicht für möglich gehalten. Das war ein völlig neues Gefühl für mich. Wie ein komplett anderes Pferd, und es scheint ihm nach kurzer Zeit sogar richtig Spaß zu machen. Ich hätte nie vermutet, dass mein Pferd so schlau ist, dass er Lahmheit vortäuscht, wenn er keine Lust zu arbeiten hat. Ich kann gar nicht sagen, wie dankbar ich Nuno für diese Erkenntnisse bin. Im Übrigen hat er mir eine Menge Geld gespart, das ich für tierärztliche Untersuchungen und physiotherapeutische Behandlungen ausgegeben hätte.

Am Abend gehen wir mit dem ganzen Reitkurs essen.

Ich versuchte, mich in die Nähe von Nuno zu setzen, weil ich mit ihm über meine Reitstunde sprechen will.

Nach ein paar vergeblichen Versuchen, mit ihm über mein Pferd zu sprechen, gebe ich auf,

Es sind einfach zu viele Teilnehmer da und jeder will mit ihm reden, was ich auch verstehe und ich verstehe auch, dass er müde war. Es war ein anstrengender Tag auch für ihn. Zuerst bin ich ein bisschen enttäuscht, aber dann denke ich selbst noch einmal über alles nach, und auf einmal beantworten sich meine Fragen von selbst.

Eigentlich weiß ich doch genau, wie der Hase läuft. Und ich habe ja auch inzwischen schon ein paar Mal zugeschaut, als die anderen Teilnehmer bei Nuno geritten sind.

Am zweiten Tag waren sogar meine Schwägerin und mein Schwager zu Besuch, die beide nicht viel von Pferden verstehen. Trotzdem haben sie es über zwei Stunden auf der Tribüne ausgehalten. Sie fanden es total spannend, was da abging, und, weil sie so viel Interesse zeigten, und ich wollte, dass sie verstehen, worum es im Einzelfall ging, habe ich meinerseits ein paar Kommentare zu den jeweiligen Reitern und Pferden abgegeben, und es war sehr interessant für die beiden, dass ich fast immer das Gleiche sagte, wie Nuno ein paar Sekunden später.

Wir haben eine ganz ähnliche Einstellung, was Pferdeausbildung angeht. Deshalb weiß ich auch, dass Nuno auf Grund seiner Erfahrung eine riesengroße Trickkiste hat. Ich habe allerdings auch viel Erfahrung, aber es ist anders, wenn man gefühlsmäßig unabhängig an ein Problem herangehen kann und vom Boden aus kann man eine Situation viel entspannter betrachten, als wenn man selbst auf einem übel bockenden oder steigenden Pferd sitzt, das einen ernsthaft verletzen kann.

Mir wird auf einmal klar, dass es nicht an meiner Fehleinschätzung oder Inkompetenz lag, dass ich mich so von meinem Pferd habe vorführen lassen. Vielmehr bin ich emotional einfach zu nah dran.

Es ist oft so, dass man es unverhältnismäßig schwerer hat, sich eine objektive Meinung zu bilden, je enger die emotionale Bindung zu einer Person, einem Tier oder auch nur einer Sache ist.

Hinzu kommt in meinem Fall, dass ich wirklich Mühe hatte, mich nicht von ihm in den Sand setzen zu lassen. Das heißt, ich konnte das Ganze gar nicht entspannt und objektiv betrachten.

Von unten sieht man natürlich jeden Muskel des Pferdes, das Ohrenspiel, die Augen, die ganze Physiognomie. Mit einem Wort, man hat viel präzisere Einschätzungsmöglichkeiten als der Reiter und kann viel schneller reagieren.

Pferde sind uns in der Geschwindigkeit eh überlegen, und es macht einen großen Unterschied, wie schnell und konsequent man auf eine Widersetzlichkeit reagieren kann. Außerdem ist es extrem schwer, auf einem widersetzlichen Pferd einen korrekten Sitz, der Voraussetzung für jegliches erfolgreiche Reiten, aufrecht zu erhalten.

Im Übrigen ist die Einschätzung, was das Problem zwischen Pferd und Reiter ist, in meinen Augen sowieso eine intuitive Sache. Klar gibt es ganz viele Lehrbuchweisheiten, aber im Endeffekt kommen die besten Ratschläge aus der Intuition, die natürlich auf der Erfahrung des Ausbilders basiert.

Was ich verstanden habe, ist, dass mein Pferd extrem sensibel und vom Grundtenor her ein Energiesparer oder, anders ausgedrückt, solange er sich nicht aufregt, ziemlich faul ist.

Das ist eine Kombination, die es von vornherein schwer macht, die richtige Dosierung zu finden.

Da er ein vorsichtiges, eher ängstliches Pferd ist, blockiert er in ungewohnten oder ihm gefährlich erscheinenden Situationen. Wenn man versucht, ihn zum Vorwärtsgehen zu zwingen, geht er in die Luft. Er kippt vom Temperament von einer Sekunde zur nächsten, und wenn er sich aufregt, fühlt man sich wirklich wie auf der Abschussrampe, und das leiseste Geräusch, die kleinste Berührung kann ihn dann zum Explodieren bringen.

Die Schwierigkeit besteht darin, ihn zu motivieren, beziehungsweise zu aktivieren, ohne ihn zu überfordern. Dabei fällt mir mein langjähriger Karlsruher Ausbilder, Egon von Neindorff, ein, der oft zu sagen pflegte: „Gehe bis an die Grenze, überschreite diese nie!"

Das genau ist das Hauptproblem bei Amanecer. Bei ihm sind die Nuancen extrem wichtig. Vieles, was für andere Pferde normal ist, empfindet er als Provokation. Er neigt im Positiven wie im Negativen zu Überreaktionen. Immer, wenn Nuno mich bat, ihn zu loben, fiel er sofort aus. Loben bedeutet für ihn: „Aufgabe erfüllt, aufhören, Pause, fertig!"

Ich muss deshalb auch im positiven Bereich andere Wege des Lobens finden, wie zum Beispiel das Loben rein verbal mit Stimme in Form von „brav", „super", anstatt ihn mit einer Hand an den Hals zu klopfen.

Durch Nuno habe ich auch gelernt, dass es Situationen gibt, an denen man dranbleiben muss. Man muss deshalb nicht grob werden und man darf sich um Himmels Willen nicht ärgern, aber man darf die Pferde auch nicht immer gewinnen lassen. Sonst muss man sich nicht wundern, wenn am Ende das Pferd den Reiter erzieht, anstatt der Reiter das Pferd.

Soziale Kompetenz bedeutet nicht, zu jedem und allem „ja" zu sagen. Man kann unterschiedlicher Meinung sein und man kann Dinge ausdiskutieren. Es ist allerdings wichtig, dass man sich der Verantwortung bewusst ist, und die eigene Entscheidung dem anderen niemals Schmerzen zufügen darf. Man sollte deshalb keine Fehler machen. Genauso wichtig ist es, seine persönlichen Grenzen zu setzen. Ein Zusammenleben kann nicht funktionieren, wenn man unehrlich ist oder einer der Partner Selbstaufgabe betreibt. Das gilt nicht nur im Zusammenhang mit Pferden.

Mit anderen Worten, es sollte immer ein Austausch, eine Kommunikation, stattfinden, in der beide Partner zu Wort kommen. Das ist die Basis für gegenseitigen Respekt, und im besten Fall entsteht daraus Liebe und Harmonie.

KAPITEL 11

Seit dieser einen Reitstunde bei Nuno ist mein Pferd wie ausgetauscht.

Er hat seit fast einem Jahr nie mehr gebockt und er geht fleißig und willig vorwärts, im Gelände manchmal sogar fast einen Zahn zu schnell. Auch unsere non-verbale Kommunikation hat sich enorm verbessert. Wir gehen respektvoll und ganz bewusst miteinander um. Ich würde sagen, auf Augenhöhe. Ich lasse Amanecer einiges entscheiden. Wir müssen keine Höchstleistungen erbringen, wenn er nicht so richtig Lust hat. Es ist mir auch egal, ob wir rechts oder links herum um den Wald reiten und manchmal lasse ich ihn im Wald an den Buchen knabbern, die er so sehr liebt. So sieht er auch endlich einen Sinn in unseren gemeinsamen Ausritten, denn ich erinnere mich, wie langweilig ich als Kind immer den ewig gleichen sonntäglichen Spaziergang zwischen Stuttgart Sonnenberg und Möhringen um den Riedsee herum fand. Ein Eis im Restaurant Riedsee hätte meine Begeisterung für Spaziergänge sicherlich extrem gehoben.

Interessant ist auch, dass Amanecer viel schärfere Sinne hat als ich. Wenn er daher auf dem Waldweg plötzlich die Beine in den Boden rammt und abrupt stehen bleibt, warte ich inzwischen erst einmal ab und mache gar nichts. Irgendetwas passiert dann immer, sei es, dass Rehe den Weg kreuzen oder ein Hase vorbeihoppelt. Es kann natürlich auch sein, dass uns nur Spaziergänger oder ein anderes Pferd entgegenkommen. Einmal rasten sogar zwei Hermeline, die miteinander spielten, direkt vor uns über den Weg.

Ich hatte gar nicht gewusst, dass sie in Baden-Württemberg heimisch sind, und so trägt Amanecer auch dazu bei, dass ich etwas über die schwäbische Tierwelt lerne. Ihm entgeht nicht einmal die kleine, silbrig glänzende Blindschleiche, die eingerollt, mitten auf dem Weg ein Sonnenbad nimmt.

Ich bin jedenfalls sehr beeindruckt von seiner Aufmerksamkeit, denn selbst, wenn ich ganz bewusst mit geschlossenen Augen lausche, um herauszufinden, was er gehört hat, kriege ich erst Minuten später heraus, dass da etwas ist.

Umgekehrt hat er auch inzwischen verstanden, dass ich nie etwas verlangen würde, was ihm schadet. Im Gegenteil, er weiß, dass es immer interessant und spannend wird, wenn wir etwas gemeinsam unternehmen.

Und da für mich meine Erfahrungen, die ich mit Pferden mache, fast eins zu eins umsetzbar sind für menschliche Beziehungen, fällt mir mein Freund ein, den ich so oft mit Amanecer vergleiche. Auch er ist ein sensibler Mann, der in neuen Situationen erst einmal passiv oder besser gesagt, vorsichtig reagiert. Auch er mag es eher gemütlich und kann problemlos eine Woche lang im Liegestuhl am Strand relaxen. Er ist gerne unter Menschen und kann sich auch auf die unterschiedlichsten Charaktere einstellen, aber genau wie bei meinem Pferd, kann auch bei ihm die Stimmung von einem Moment zum anderen kippen, wenn er sich angriffen oder ungerecht behandelt fühlt.

Ich muss oft lachen, wenn ich so viele Parallelen sehe zwischen meinen beiden engsten Freunden.

Ich bin jedenfalls sehr froh, dass es auch mit ihm in letzter Zeit viel besser läuft. Wir sehen uns jetzt öfter und unternehmen alle möglichen verrückten Dinge, aber am meisten freue ich mich, dass wir miteinander reden können. Ich glaube, wir befreien uns gerade beide aus unserem Eremitendasein, in dem wir schon so lange Zeit gefangen sind, und ich verstehe nur zu gut, dass er Angst hat. Geht mir ja nicht anders. Das gebrannte Kind scheut das Feuer. Und ich komme mit meiner Amazonenrüstung vermutlich auch nicht so herüber, als ob ich einen Beschützer suchen würde.

Zu lange habe ich geglaubt, mich der Gefahr einer engeren Beziehung mit einem Mann nicht mehr aussetzen zu können oder auch nur zu wollen. Selbst der Wurm krümmt sich, wenn er getreten wird, habe ich immer gesagt und war mir sicher, alleine und unabhängig viel besser dran zu sein. Umso schöner ist es, jetzt endlich wieder das Gefühl zu haben, für einen anderen Menschen wichtig zu sein, über alles reden zu können und geliebt zu werden.

In letzter Zeit sehen wir uns ganz oft, weil wir unsere Reise nach Finnland, die ja längst geplant war, vorbereiten. Ich möchte gerne über Juhannus nach Finnland. Das ist das Mittsommernachtsfest, wenn es im Norden Finnlands überhaupt nicht Nacht wird. Das sind die sogenannten „yötöntä öitä", die nachtlosen Nächte, in denen die Sonne überhaupt nicht untergeht. In Südfinnland gibt es einen Sonnenuntergang so gegen zwei Uhr nachts und eine Stunde später wird es bereits wieder hell. In Lappland wird es in der letzten Juniwoche gar nicht dunkel.

Dieses Jahr fällt Juhannus auf den 23.Juni und ich freue mich, das Mittsommernachtsfest endlich einmal erleben zu können. Ich war oft in Finnland, aber noch niemals zur Sommersonnenwende.

In Finnland umgibt die Mittsommernacht etwas Mystisches. Ursprünglich war es ein heidnisches Fest, das dem Gott des Donners gewidmet war. Wie auf Island glaubte man, dass Feen und Trolle in dieser Nacht ihr Unwesen treiben, weswegen Juhannusfeuer entfacht wurden, um die bösen Geister zu vertreiben. Bis heute tanzen die Menschen an Juhannus ausgelassen um das Feuer. Die Städte sind dann wie ausgestorben. Die Geschäfte sind alle geschlossen, teilweise ist sogar der Schiffsbetrieb eingeschränkt. Schon am Vorabend ist in den Städten alles zu. Traditionell feiert man Juhannus auf dem Land und unternimmt Mitternachtswanderungen in der rötlichen Abendsonne, wobei der Name Juhannus erst seit der Christianisierung Finnlands entstanden ist und man am 24. Juni überall, speziell natürlich in Italien, San Giovanni, Johannes, dem Täufer, gedenkt.

Um die Mittsommernacht herum gibt es in Finnland auch jede Menge Festivals und Konzerte. In Helsinki kann man auch als Tourist auf der Museumsinsel Seurasaari das Mittsommernachtsfest miterleben und neben dem in Finnland unverzichtbaren Saunagang eine Fahrt mit der Pferdekutsche unternehmen oder die Karunakirche besuchen.

Für uns kommt natürlich nur die familiäre Variante in Frage, denn die meisten Finnen feiern im kesämökki mit der Familie und Freunden. Kanerva hat mich eingeladen und das freut mich wirklich sehr, weil es mir ganz wichtig ist, dass Stevie meine Freundin kennenlernt und sieht, wo ich damals die ganze Zeit über gesteckt habe.

Wir wollen am zwanzigsten Juni fliegen, und ich überlasse die Planung mehr oder weniger ihr. Sie ist schon aufgeregt und überlegt sich, womit sie uns eine Freude machen kann. Ihr Bruder Oskari wird auch da sein. Er kommt mit seiner Familie und bringt auch Mummo, Kanervas und seine Mutter mit, die nächstes Jahr ihren hundertsten Geburtstag feiert.

Und dann ist es endlich so weit. Stevie und ich fliegen nach Finnland. Ich kann gar nicht sagen, wie aufgeregt ich bin und wie sehr ich mich freue.

Schon die Anreise ist ein großes Abenteuer. Wir haben Glück. Wir fliegen mit Finnair. Das ist doch gleich ein ganz anderes Feeling und ich bin begeistert, weil wir dann von Anfang an Finnland riechen und schmecken können.

Als Erstes gibt es schon im Flieger Preiselbeersaft und Lachshäppchen. Zum Nachtisch Fazer Schokolade. Ich darf zwei nehmen, weil ich so in Jubel ausbreche: Bitterschokolade mit Pfefferminz und Geisha, meine absolute Lieblingsvollmilchschokolade mit einer Wahnsinnsfüllung. Natürlich werden auch die Ansagen alle auf Finnisch gemacht. Kurz gesagt, man fühlt sich schon an Bord in dieser anderen, mir so bekannten Welt.

Beim Anflug können wir die wunderschöne Seenlandschaft von oben bewundern. Grün und Blau, Wälder und Seen. Das sieht einfach schon vom Flugzeug aus wunderbar aus. Auch das Wetter spielt mit. Es ist sonnig und es gibt nur ein paar Schäfchenwolken, und so ist die Sicht auch bestens und die Farben sind strahlend und intensiv. Ich habe das ja schon ein paar Mal gesehen, aber Stevie ist total im Glück. So schön hat er sich das nicht vorgestellt.

„Du wirst erst richtig staunen, wenn wir an den Seen entlang durch die Wälder fahren. Das ist einfach unbeschreiblich schön. Die endlose Weite, das Wasser, der Wald, die Natur. Und man denkt immer, in Skandinavien ist es kalt und regnet viel. Das kann natürlich schon auch mal passieren. Aber, wenn die Sonne scheint, ist es oft viel heißer als bei uns. Und, weil es im Sommer viel länger hell ist, schmecken die Beeren auch viel besser."

„Das glaube ich. Ich bin jetzt schon beeindruckt. Ich verstehe, warum dich Finnland so fasziniert."

„Ich freu mich schon sehr, dir das alles zeigen zu können, die Birkenwälder und Seen, die typisch finnischen Holzhäuser und die kesämökki, aber auch die ganz modernen Bauten in den Städten. Ich bin gespannt, was du zu Kanerva sagst. Sie ist eine ganz außergewöhnliche Frau mit unglaublichen Fähigkeiten. Sie ist viel gereist und hat zehn Jahre lang in USA gelebt. Viele Jahre davon auf Hawaii, wo ich sie zweimal besucht habe.

Und du wirst sehen, sie ist trotzdem total zurückhaltend und bescheiden wie die meisten Finnen."

Wenig später landen wir in Helsinki-Vantaa. Es ist ein bisschen bewölkt, aber es regnet nicht. Kanerva wartet schon an der Ankunft und winkt aufgeregt, als sie mich sieht.

„Tervetuloa. Vihdoin olette täällä! — Herzlich willkommen. Endlich seid ihr da."

Und zu Stevie: „Mina olen Kanerva. Tervetuloa Suomeen! — Ich bin Kanerva. Herzlich willkommen in Finnland!"

Es ist so schön, wieder hier zu sein. Ich frage gleich nach Toivo. Kanerva hat ihn vor zwei Wochen gesehen. Er ist gewachsen und hat sich gut eingelebt bei den anderen Elchen. Wenn wir wollen und nicht zu müde sind, können wir heute noch nach Saimaa fahren. Es ist aber natürlich auch ok, wenn wir erst einmal in Helsinki im Hotel übernachten wollen oder bei ihr in Virolahti. Die Familie kommt erst in zwei Tagen.

„Was meinst du, Stevie? Bist du müde? Möchtest du lieber eine Nacht hier in Helsinki bleiben oder fahren wir gleich weiter nach Saimaa?"

„Ich denke, du würdest platzen vor Neugier, wenn du nicht gleich zu deinem Elchbaby könntest."

„Oh danke! Und es macht dir wirklich nichts aus? Ich meine, Helsinki ist eine wirklich tolle Stadt und du würdest dich sicher gerne ein bisschen umschauen, oder?"

„Helsinki läuft uns nicht davon. Wir sind doch in erster Linie wegen deiner Freundin und Toivo hier. Lass uns gleich losfahren. Ich bin nicht müde."

„Du bist der Beste! Danke!"

„Mennään heti mökkiin. — Lasst uns gleich zur Hütte gehen." Kanerva grinst schon wieder vergnügt, nimmt meine Tasche und läuft Richtung Ausgang.

Die Fahrt nach Saimaa ist kurzweilig. Auf der Höhe von Porvoo kommt die Sonne heraus und nach ungefähr dreieinhalb Stunden kommen wir an unseren See. Für mich fühlt sich das an, wie im Märchen und Bilder meiner Erlebnisse mit dem kleinen Toivo ziehen vor meinem inneren Auge vorbei.

Das alles liegt nun schon fast ein Jahr zurück und trotzdem erinnere ich mich, als ob es gestern gewesen wäre. Unglaublich, wie verzweifelt ich war, als ich nach Finnland kam. Wie sehr ich mir doch selber im Weg gestanden habe, und wie sehr ich damit auch mein Pferd und meine Freunde belastet und blockiert habe. Mit jeder Erinnerung wird mir klarer, dass wir doch alle in hohem Maße in unserer eigenen Welt leben und gefangen sind. Wie sehr wir im Grunde genommen Opfer unserer selbst sind und es nicht einmal merken. Wie Pferde mit Scheuklappen fällt mir dazu ein.

Kanerva hat schon ganze Arbeit geleistet. Nie hat sie mich kritisiert oder mir Vorwürfe gemacht. Im Gegenteil. Sie hat immer Aufgaben für mich gefunden, die mich Schritt für Schritt dazu gezwungen haben, meine eigene Haltung zu überdenken. Und wie die Tiere immer wieder mitgespielt und mich auf die richtige Spur gebracht haben. Das war einfach ein großes Wunder.

Ich weiß, welche Fähigkeiten zu heilen Pferde haben. Lange genug habe ich Pferde-gestützte Therapie mit meinen Pferden und Ponys angeboten oder sagen wir mal lieber Pferde-gestütztes Erfahrungslernen, wie ich das nennen musste, wenn ich nicht mit einem Therapeuten oder Psychiater zusammengearbeitet habe.

Aber dass Fische, Bären und Elchbabys die gleichen Fähigkeiten haben wie Pferde, ist wirklich kaum zu glauben.

„Was hast du gelernt?", war immer wieder Kanervas Frage.

Genau genommen habe ich gelernt, dass es völlig überflüssig ist, sich dauernd aufzuregen, vor allem, wenn man die Probleme im Grunde genommen sogar selbst verursacht hat.

Es bringt auch nichts, Angst davor zu haben, etwas verkehrt zu machen. Selbst durch Fehler lernt man immer mehr, auf die unendliche Weisheit des Kosmos zu vertrauen. Wenn wir offen sind und zuhören und ganz einfach das Beste geben, was möglich ist, kann gar nichts schief gehen. Mehr können wir nicht tun. Und, wenn wir Fehler machen – und das kommt vor – dann ist das völlig in Ordnung. „Aus Fehlern wird man klug", sagt ein altes Sprichwort und mir drängt sich ab und zu die Vorstellung auf, dass wir alle Schüler auf der göttlichen Spielwiese sind und es piep egal ist, wie die Dinge laufen, denn alles hat zwei Seiten und aus allem und jedem entsteht etwas Neues. Wichtig ist nur, immer wieder aufzustehen und weiterzumachen.

Mein Vater, der im Krieg als Nachtjäger geflogen ist, sagte immer: „Wenn das Flugzeug abstürzt, Arme ausbreiten und unbedingt weiterlaufen. Ja nicht hinlegen!" Er hat das oft gesagt und ich fand das als Kind immer sehr lustig.

Und bei der Pferdeausbildung ist es das Gleiche, sinniere ich weiter. Man kann ein Pferd zu etwas zwingen, aber wieviel besser ist es doch, wenn man dem Pferd die Zeit gibt, selbst herauszufinden, dass die Aufgabe gut ist und Spaß macht. Monty Roberts hat immer gesagt, man müsse seinem Pferd immer Wahlmöglichkeiten lassen und, wenn man klug ist, macht man die Variante, die man will, einfach und schön, und die Alternative langwierig und anstrengend. So kann das Pferd selbst entscheiden und man hat dann einen Freund an der Seite und keinen unglücklichen geknechteten Feind.

Der Wille und die Liebe, hat Kanerva gesagt. Genau das ist es. Mehr muss man eigentlich gar nicht wissen. Das Leben ist im Grunde genommen ganz einfach. Die Tiere wissen das, und es gibt immer mehr Menschen, die auch beginnen, das zu verstehen.

„Ist das dein See?" Stevie reißt mich aus meinen Gedanken.

„Ja, und gleich kann man das kesämökki sehen, die Hütte, die so typisch ist und die ganz viele Finnen haben, um dort ihre Freizeit zu verbringen direkt am See, mitten in der Natur. Da schau, gegenüber. Da fahren wir hin. Siehst du den Steg? Da habe ich gesessen und stundenlang meditiert, bis die drei Fische kamen. Wenn ich dran denke, tut mir der Hintern weh, hihi!"

„Du machst Sachen!"

„War nicht meine Idee. Das war eine von Kanervas Aufgaben für mich. Ich nehme mal an, ich sollte Geduld und Demut lernen."

„War sicher angemessen. Ein bisschen mehr hawaiianischer Hang loose Spirit schadet dir ganz bestimmt nicht." Stevie grinst mich an und nimmt meine Hand.

Er weiß gar nicht, wie wichtig es mir ist, diese Erfahrung mit ihm zu teilen und wie wichtig er mir ist. Als ich ihn damals angerufen und gesagt habe, ich komme morgen heim, hat er gefragt: „Wo ist daheim für dich?"

Und ich habe geantwortet: „Daheim ist, wo mein Schatz ist!"

Und er hat gesagt: „Ich liebe dich."

Es ist wahr, ich bin immer abgehauen, wenn ich unglücklich war. Ich habe die unmöglichsten Reisen gemacht quer über den Globus. Von Japan in die Emirate, nach Irland und an den Lago Maggiore, nach Laos, Mauritius, Schottland, Mexico, Uganda, Jamaika und Wien.

Ich bin schon ein verrücktes Huhn. Immer auf der Suche, immer in Action. Aber Stevie tut mir gut. Er ist der Fixpunkt in meinem Leben. Vielleicht auch, weil er gar nicht immer da ist und mich nicht bedrängt. Er bringt mir Ruhe und Stabilität. Genau wie Amanecer, mein schöner Falbe mit den großen braunen Augen, dem riesigen Herzen und der schwarzen Mähne. Er trinkt sogar gerne Bier. Eigentlich unterscheidet er sich von Stevie nur dadurch, dass er keine Vorliebe für die Sauna hat.

Ich muss lachen.

Stevie sieht mich an.

„Wir sind gleich da" sage ich, als wir um die letzte Biegung fahren.

KAPITEL 12

„WOLLT IHR NICHT KURZ IN DEN See hüpfen? Ich mache inzwischen was zu essen", ruft Kanerva, und ich halte das für eine ausgezeichnete Idee.

Es war heiß im Auto. Inzwischen haben wir einen wolkenlosen Himmel und die Sonne brennt richtig herunter. Es riecht nach Sommer und die Vögel zwitschern. Ich bin glücklich. Das Geräusch der kleinen Wellen, die rhythmisch ans Ufer schlagen bringt jede Menge Erinnerungen. Es ist gut, dass wir hergekommen sind.

Stevie freut sich. Er liebt das Wasser, den Sommer und die Sonne und bedauert schon, dass er seine Taucherausrüstung nicht mitgebracht hat. Ich laufe ganz langsam in den See und beobachte die Bewegung des Wassers, das Licht, das wie tausende von Diamanten glitzert. Ich schaue nach den Fischen und erschrecke.

Stevie hat sich leise über den Steg angeschlichen und mich mit einem eleganten Kopfsprung überholt. „Männer!" denke ich und muss lachen.

Wir schwimmen ein ganzes Stück hinaus auf den See. Das Wasser ist eiskalt. Aber nach dem ersten Schock wunderbar erfrischend, und die ganze Anstrengung der Reise fällt von uns ab. Wasser hat auch so eine beruhigende, reinigende und heilsame Wirkung. Ich habe das schon immer gespürt.

Früher mit meinen Eltern war ich oft am Meer. Auf Ischia und in den Vereinigten Arabischen Emiraten. Ja, da waren wir oft. Das ist auf irgendeine Art ähnlich wie das kesämökki hier.

Ich weiß, das scheint jetzt völlig hirnrissig zu sein. In Sharjah waren wir in einem 5 Sterne Hotel und hier sind wir in einer alten Holzhütte. In Sharjah hat das Wasser achtundzwanzig

Grad und es handelt sich um Meerwasser, hier gerade mal fünfzehn und es ist Süßwasser und, während es hier jede Menge Bäume gibt, gibt es in den Emiraten riesige Sandwüsten. Aber für die Seele hat das einen ganz ähnlichen Effekt. Die Sonne, das Wasser, die Einsamkeit, die Abwesenheit von Menschen und damit auch die Abwesenheit von Problemen.

Ich glaube, das ist der Effekt der Wüste, der eine ähnliche Ruhe und Gelassenheit bringt wie die unendlichen Wälder Finnlands. Die Sorgen, die wir uns in unserem Alltag machen, werden irgendwie ausradiert und es breitet sich eine angenehme Leere und Klarheit im Kopf aus.

Und wie hat Kanerva damals gesagt? Ein voller Krug kann nichts aufnehmen und fließt über. Aber die Leere kann etwas aufnehmen. Und Leere bedeutet auch Abwesenheit von Vorurteilen.

Dabei fällt mir auf einmal wieder Monty Roberts, der kalifornische Pferdeflüsterer ein, bei dem ich vor vielen Jahren einmal eine Ausbildung in American Horsemanship gemacht habe. Wie hatte er immer gesagt?

Horses learn in terms of three.

Das heißt, man sollte eine neue Lektion immer drei Mal wiederholen, und nicht die Wiederholung ist das eigentlich Wichtige, sondern die Pausen dazwischen, die Leere, in der das Pferd in der Lage ist, das Neue zu verdauen und zu lernen.

Und Menschen und Pferde sind ja gar nicht so verschieden wie die meisten immer denken. Auch wir Menschen lernen am besten mit Pausen. Wenn wir zu viel Druck ausgesetzt sind und Stress haben, können wir nicht mehr klar denken und auch nichts lernen.

Deshalb ging Jesus vermutlich auch vierzig Tage in die Wüste. Wir brauchen die Leere. Das wird mir immer klarer.

Stevie dreht sich zu mir um und spritzt mir Wasser ins Gesicht. Ich revanchiere mich mit einer ordentlichen Wasserschlacht.

„Na warte!", lacht er mich an und beginnt mich zu verfolgen.

Ich flüchte, so schnell ich kann, aber vor dem Steg holt er mich ein, tunkt mich kurz unter Wasser, um mich dann zu retten und mir einen langen Kuss zu geben.

„Alle Turteltauben an Land kommen", ruft es vom Ufer. „Essen ist fertig."

Es geht mir so gut wie schon lange nicht mehr. Stevie ist einfach der Beste. „Simply the Best", schießt es mir durch den Kopf, und ich klettere die kleine Leiter am Steg hoch und schnappe mir ein Handtuch.

Kanerva hat wieder ein vorzügliches Essen vorbereitet. Es gibt Lachs auf einem Sauerrahm-Lauchbett in Alufolie und – wie immer in Finnland – Kartoffeln und Roggenbrot.

Stevie ist begeistert. Sicher hätte er nicht so ein Festmahl in dieser einfachen Umgebung erwartet. Kanerva hat sogar Bier für ihn organisiert.

Und, was ich besonders schön finde: Wir essen heute im Freien. Meine Freundin hat den Holztisch mit einer weißen Tischdecke gedeckt und einen wunderschönen Strauß mit maitohorsma, dem purpurfarbenen Weidenröschen, das überall in Finnland an sonnigen Waldrändern blüht, gepflückt.

„Kein Wunder bist du so lange in Finnland geblieben", meint Stevie. „Ich wusste schon, dass Finnland außergewöhnlich schön ist mit den vielen Seen und den Wäldern. Aber so hätte ich mir das nicht vorgestellt."

Kanerva und ich grinsen uns an. Es ist schön, dass es ihm gefällt.

„Das Beste kommt aber noch. In mein Elchbaby wirst du dich verlieben", antworte ich.

„Ich glaube, das mit dem Baby wirst du wohl vergessen können", wirft Kanerva ein. „Der Kleine ist ja jetzt schon ein Jahr alt, also längst kein Baby mehr."

„Meinst du, er erkennt mich?"

„Da bin ich mir fast sicher. Du bist seine erste Bezugsperson."

„Und werde ich ihn erkennen? Oder hat er jetzt schon eine Schulterhöhe von zwei Metern dreißig?"

„Nein, so schnell wachsen Elche nun auch wieder nicht. Sie sind erst mit fünf Jahren ausgewachsen. Elche sind die größten Hirscharten. Ich habe einmal einen gesehen mit einer Schulterhöhe von zwei Metern."

„Echt? Das kann ich mir gar nicht vorstellen. Ich dachte immer, die sind so groß wie unser Rotwild in Deutschland." Stevie ist einigermaßen überrascht, als er das hört.

„Nein, nein", entgegnet Kanerva, „die haben schon eine beeindruckende Größe, und so einer Elchkuh mit Kalb bei Fuß willst du definitiv nicht im Wald begegnen."

„Ich dachte, Elche seien Pflanzenfresser und relativ relaxt und friedlich."

„Das stimmt schon, Stevie, aber, wenn sie sich bedroht fühlen, können die blitzschnell angreifen und dann können sie sechzig Stundenkilometer schaffen. So schnell kannst du nicht gucken, wie dich so eine Kuh angreifen kann, wenn du ihrem Jungen zu nahekommst. Das war auch der Grund, liebe Elke, warum ich damals nicht gleich zu dem Baby wollte, solange die Mutter noch in Reichweite war."

Den unschlüssigen Blick, den Kanerva mir damals zuwarf, habe ich noch bildhaft vor Augen. Ich dachte, es würde ihr nicht passen, dass ich das Junge retten wollte, aber sie ist um meine Sicherheit besorgt gewesen. Das ist ja im Nachhinein noch höchst interessant. Ich bin mir der Gefahr gar nicht bewusst gewesen.

„Und woran erkennt man, welches eine Elchkuh ist?", schaltet sich Stevie wieder ein.

„Die weiblichen Elche haben kein Geweih. Nur die männlichen Elche haben so ein großes Schaufelgeweih, das bis zu dreißig Kilo wiegen kann. Deshalb werfen sie es im Winter auch ab und sparen damit lebensnotwendige Energie. Im Winter finden sie ja nicht so viel Futter, weil es hier in Finnland immer noch sehr kalt wird und ordentlich Schnee hat."

„Ich war immer der Meinung, auch die Elchkühe hätten ein Geweih", insistiert Stevie.

„Nein, das verwechselst du sicher mit den Rentieren. Rentiere und Elche sind zwar miteinander verwandt, weisen aber doch ziemliche Unterschiede auf. Und bei den Rentieren haben sowohl männliche als auch weibliche Tiere ein Geweih. Außerdem haben Elche einen Kehlsack am Kinn. Das sieht ein bisschen aus wie ein Bart, ist aber ein fleischiger Lappen. Rentiere haben das nicht."

„Jetzt reden wir schon stundenlang über Elche", werfe ich ein, „wann können wir denn Toivo endlich besuchen?"

„Heute ist es schon zu spät", antwortet Kanerva. „Es ist schon gleich einundzwanzig Uhr."

„Wie bitte?", rufe ich ganz entgeistert, „das kann doch nicht sein. Ich dachte, es sei allerhöchstens fünfzehn oder sechzehn Uhr."

„Ich weiß", sagt Kanerva, „um die Mittsommernachtszeit täuscht man sich total mit der Zeit, weil es nicht dunkel wird. Hier in Saimaa geht die Sonne erst gegen zwei Uhr dreißig morgen früh unter und eine Viertelstunde später schon wieder auf. Aber komischerweise sind die meisten Leute auch gar nicht müde und schlafen im Sommer viel weniger als im Winter. Trotzdem hattet ihr einen anstrengenden Tag heute mit der Anreise und so weiter, und ich würde vorschlagen, dass wir nicht so spät ins Bett gehen und dann lieber morgen früh gegen acht Uhr Richtung Elch-Farm fahren. Ihr beide könnt das Schlafzimmer haben. Ich schlafe im Wohnzimmer auf der Couch."

„Auf keinen Fall, das mache ich", entgegnet Stevie sofort. „Mir macht das mit der Couch nichts aus und für dich ist es im Bett doch viel bequemer."

„Kommt gar nicht in Frage. Ihr seid die Gäste, und die Couch ist sehr bequem. Außerdem kann man das Schlafzimmer besser abdunkeln. Ich bin es gewohnt, auch bei Tageslicht zu schlafen."

„Kiitoksia tästä päivästä! — Vielen Dank für diesen Tag", sage ich zu Kanerva. „Ich bin schon sehr aufgeregt, was Toivo betrifft. Kann ich ihm etwas Leckeres mitbringen?"

„Wir können morgen früh ein paar Birkenzweige abschneiden. Elche fressen sehr gerne dünne Zweige und Blätter und sie lieben vor allem Birken. Aber jetzt ab ins Bett. Ihr müsst todmüde sein."

Und wirklich, jetzt, wo sie es sagt, freue ich mich aufs Bett.

KAPITEL 13

ICH WACHE UM SECHS UHR AUF und schiebe die Vorhänge zur Seite. Die Sonne strahlt mit Stevie um die Wette, der bereits mit dem i-Pad bewaffnet im Bett sitzt und mich beobachtet.

„Bist du schon lange auf?"

„Klar, wenn die Sonne scheint, immer."

„Warum hast du mich nicht geweckt?"

„Du hast viel zu süß ausgesehen. Wie eine eingerollte Haselmaus. Außerdem wollte ich die Fotos von gestern anschauen."

„Ach so, hab mich schon gewundert, was du mit dem i-Pad machst ohne Internet. Meinst du, Kanerva schläft noch?"

„Nein. Ich hab sie schon gehört. Die ist schon lange wach."

Ich bin es plötzlich auch und gebe Stevie einen schmatzenden Kuss. „Kommst du mit schwimmen?"

Stevie schaut mich erstaunt an. „Gute Idee. Eine Dusche gibt es ja hier wohl sowieso nicht."

„Gibt es schon, aber die wird auch mit Wasser aus dem See betrieben und bei der schönen Sonne wäre das ja blöd."

Ich bin in einer Minute im Badeanzug, schnappe mir mein Handtuch und bin auch schon an der Tür. Kanerva ist nicht da. Oder doch. Sie hat schon wieder den Tisch gedeckt, draußen am See. Das ist für mich ganz ungewohnt, dass es morgens um sechs schon so warm ist.

„Huomenta Kanerva", rufe ich. „Ist es okay, wenn wir kurz im See schwimmen gehen?"

„Selvä — klar", lacht sie. „Ich komme auch gleich. Ich bringe noch die Birkenzweige für Toivo ins Auto."

Und fünf Minuten später schwimmen wir alle drei um die Wette. Es ist wie im Paradies. Ich habe meine liebsten

Menschen um mich, es ist sommerlich warm, das Frühstück ist fertig und demnächst fahren wir zu Toivo.

Er ist inzwischen umgezogen. Wir hatten ihn ja zunächst in eine Auffangstation ganz in der Nähe gebracht, die uns Päivis Bruder, der Tierarzt, empfohlen hatte. Dort wurde der Kleine weiter aufgepäppelt und an andere Menschen und vor allem an Kinder gewöhnt. Mit einem halben Jahr zog er dann um nach Hirvicartano, was auf Deutsch Elch-Gutshof heißt. Es liegt südwestlich von Jyväskylä in Jämsä und beherbergt eine Zuchtstation für Elche, die auch für Besucher geöffnet ist.

Das Moose Manor Hirvicartano, ehemals ein mittlerweile hundertfünfzig Jahre altes Landgut, bietet neben der Möglichkeit, Elche aus der Nähe zu sehen und viel über sie zu erfahren, auch ein sehr gutes Restaurant und ein sogenanntes Elchmuseum.

Ich bin schon tierisch gespannt – eigentlich müsste ich sagen „Elke-mäßig gespannt", was so viel heißt wie, dass ich äußerst ungeduldig bin. Ich kann es kaum erwarten, Toivos neues Zuhause zu sehen, und ich habe mich sehr für ihn gefreut, dass er einen Platz gefunden hat, wo es ihm gut geht und wo er in Gesellschaft seiner Artgenossen alt werden und ein erfülltes Leben führen kann. In die Wildnis konnte er ja nicht mehr zurück, aber bei den anderen zahmen Elchen und den Besuchern fühlt er sich bestimmt wohl, hatte er doch mich, einen Zweibeiner, als Mama-Ersatz.

Bis nach Hirvicartano sind es ungefähr zweieinhalb Stunden, meint Kanerva. Wenn wir also um acht Uhr losfahren, wären wir gegen halb elf/elf dort, eine perfekte Zeit, um Toivo ausgiebig zu besuchen, das Gut zu besichtigen und schön zu Mittag zu essen. Abends können wir uns auch jede Menge Zeit lassen, da es ja fast die ganze Nacht hell bleibt und bei dem schönen sonnigen Wetter hat man sowieso nicht das Gefühl, dass es spät ist.

Gegen halb neun sitzen wir schon alle im Auto, gegen zehn Uhr wird Jämsä auf der Landstraße zum ersten Mal angezeigt und wir biegen kurz, bevor wir in Jämsä ankommen, Richtung Himos Ski Resort ab. Zuerst geht es am Wasser entlang, aber nach einer weiteren Biegung fahren wir in den Wald. Die geteerte Straße wird nach einer Weile immer schmaler. Sie ist nun auch nicht mehr geteert, und ich frage mich, ob das wirklich richtig sein kann. Die Fahrt auf dem Schotterweg kommt mir endlos vor, und das Gehopple ist auch anstrengend, aber plötzlich kommt ein Zoo-Schild, und Kanerva war sich ja schon die ganze Zeit sicher, dass wir hier richtig sind.

Meine Geduld wird noch eine ganze Weile auf die Probe gestellt, denn der Wald wird immer dichter, der Weg immer schlechter, und es ist keine Menschenseele zu sehen. Auf der ganzen Strecke ist uns seit Jämsä kein einziges Auto mehr entgegengekommen.

Aber da, plötzlich sehen wir es, das Hirvicartano Moose Manor. Wir parken auf dem Waldparkplatz und laufen zum Restaurant, wo wir von der Chefin, Susanna Partio, aufs Herzlichste begrüßt werden.

Kanerva erzählt ihr, dass ich die Frau bin, die Toivo das Leben gerettet hat, und erklärt ihr, dass wir zwar gerne hier Mittagessen würden, aber dass ich sicher keinen Bissen hinunterbringen würde, wenn ich nicht vorher den kleinen Toivo besuchen könnte.

Susana lacht, wir duzen uns sofort, wie das in Finnland alle Finnen machen, und sie meint zu mir: „Tule van. Näytään sulle missäs Toivo on." — Kommt mit mir mit. Ich zeige dir, wo Toivo steht. „Mittagessen gibt es bis zwei."

Wir laufen zum Wald, wo es mehrere große, mit Holzzäunen eingefasste Gehege gibt. Sie bleibt vor einem Gehege stehen, auf dem sich zwei jüngere Elche befinden. Sie stehen am anderen Ende und fressen. Plötzlich hebt der rechtsstehende

Elch abrupt seinen Kopf und schaut in unsere Richtung. Seine lange Nase beginnt zu zittern. Er hat uns wahrgenommen.

„Toivo", rufe ich, „Stevie, das ist er. Das ist Toivo!"

Und als er meine Stimme hört, trabt er an und kommt direkt an den Zaun. Er hat mich wiedererkannt. Wie groß er geworden ist, und er hat rechts und links am Kopf kleine Stummel, sein Erstlingsgeweih.

„Toivo, mein Schatz. Darf ich zu ihm ins Gehege?", frage ich Susanna.

„Warte noch einen Moment, wie er reagiert. Lass uns warten, bis Paavo da ist."

Paavo ist Susannas Sohn. Er kümmert sich um die Elche, während Küche und Restaurant Susannas Revier sind. Sie verabschiedet sich und bittet uns, bald zum Essen zu kommen.

In der Zwischenzeit ist Toivo direkt an den Zaun gekommen und streckt mir seine lange Nase entgegen. Dabei stößt er einen wimmernden Laut aus. Dann drückt er sich fest gegen meinen Hals und ich umarme ihn. Er hat mich erkannt, er erinnert sich. Ich bin gerührt.

Paavo sagt: „Du kannst reingehen."

Und schon bin ich durch den Zaun geschlüpft und streichle und umarme mein Elchkind. Er ist groß geworden, fast doppelt so groß wie vor einem Jahr. Damals war er siebzig bis achtzig Zentimeter groß. Jetzt ist er beinahe so groß wie Impressioso, mein kleiner Andalusier, mit einem Stockmaß von ein Meter fünfzig.

Immer und immer wieder muss ich ihn ansehen und drücken. Es scheint ihm zu gefallen. Dann trabt er plötzlich los in Richtung des anderen Elchs.

„Du kannst ruhig mitgehen. Das andere ist eine Kuh", ruft Susanna.

Toivo bleibt stehen und schaut, ob ich mitkomme. Wie lustig, damals bin ich vorausgelaufen und er kam hinterher. Jetzt ist es umgekehrt. Er stellt mir seine Freundin vor. Jetzt, aus der Nähe, sehe ich, dass sie keine Geweihspitzen hat wie Toivo.

Ich bin glücklich, dass er mich noch kennt und dass er mit mir kommuniziert. Das habe ich mir so sehr gewünscht. Auch seine Freundin kommt her und begrüßt mich kurz.

Toivo stößt mich wieder und wieder mit seiner samtweichen Nase an. Ich muss lachen, weil ich denke: „Ich glaube, mich knutscht ein Elch."

Die kleinen Spieße vor seinen Ohren sehen auch sehr lustig aus.

„Deshalb nennt man die Jährlinge auch Spießer", erklärt uns Paavo. „Im nächsten Jahr gabelt sich das Geweih und deshalb nennt man die Zweijährigen Gabler. Vor dem Winter werden die Geweihe abgestoßen und sie werden dann jedes Jahr größer und kompakter und bilden oft große Schaufeln."

„Wir haben ein paar Birkenzweige mitgebracht. Darf ich ihm die füttern?", frage ich.

„Sicher", sagt er, „aber lass uns erst Mittagessen gehen. Die Küche schließt bald, und es wäre schade, wenn ihr nichts Warmes mehr bekommt. Meine Mutter kocht wirklich phantastisch. Und wusstet ihr, dass unser See, der Päijänne, Trinkwasserqualität hat? Wenn ihr Fisch mögt, seid ihr hier genau richtig. Nach dem Essen kannst du Toivo auf einen kleinen Spaziergang mitnehmen, wenn du magst."

„Oh super. Das klingt alles wunderbar. Dann lass uns schnell essen gehen."

Das Restaurant ist ganz einfach und rustikal eingerichtet mit rot/weiß karierten Stoffvorhängen. Ein bisschen wie die österreichischen Skihütten.

Zum Essen gibt es nur Regionales: Fisch aus dem Päijänne, Wild, auch Elchfleisch, aber die zahmen Tiere auf dem Gutshof werden nicht gegessen. Die Elche auf dem Gutshof kamen alle aus Zoos oder, wie Toivo, wenn sie verletzt oder zurückgelassen gefunden wurden, aus der Wildnis, denn das Halten von Wildtieren ist in Finnland generell verboten.

Das Elchfleisch kommt allerdings von wilden Elchen, die wie auch Hirsche und Rentiere nach bestimmten Vorgaben geschossen werden dürfen. Außerdem stehen Pilze und Waldbeeren auf der Speisekarte. Alles aus der Region.

Stevie will Elch probieren. Ich bringe das nicht übers Herz und esse Fisch. Kanerva isst ein vegetarisches Gericht. Es schmeckt alles hervorragend. Man merkt einfach, wenn alles frisch und mit Liebe zubereitet wird, und ich genieße das sehr.

Ich probiere als Nachtisch Vispipuuro, eigentlich eine Spezialität aus Lappland, ein kräftig rosaroter Beerenschaum mit Preiselbeeren, der aussieht wie italienisches Himbeereis und Grieß, einfach göttlich. Obendrauf ist Vanillesauce mit Preiselbeerkompott. Susanna muss mir unbedingt das Rezept geben. Es ist wahnsinnig gut.

Nun geht es aber zurück zu meinem Elchkind. Paavo hat ihm ein zugegeben professionelleres Halfter angelegt als das, das ich ihm damals gebastelt hatte. Meins würde ihm ja auch gar nicht mehr passen.

Stevie darf Toivos Freundin Suvi nehmen, allerdings bittet uns Paavo, die beiden nicht frei laufen zu lassen. Wir haben lange Führstricke, aber auch wenn ich nicht glaube, dass Toivo abhauen würde, wollen wir nichts riskieren.

„Komm, lass uns am See langlaufen. Das hab ich in Saimaa auch immer mit ihm gemacht."

Stevie und ich strahlen um die Wette mit unseren beiden Elchen. Das ist ja nun wirklich ein ganz besonderes Abenteuer, und Kanerva macht sogar Fotos von uns.

Toivo macht am Anfang zwei, drei kleine Bocksprünge. Im ersten Moment bin ich ein bisschen erschrocken, weil ich kurz Angst habe, dass er sich doch losreißen könnte, aber dann verstehe ich es als Kommunikation, als ob er sagen wollte: „Weißt du noch damals am See?"

Wir laufen eine große Runde in der rötlichen Nachmittagssonne. Ich platze fast vor Liebe und Glücksgefühlen, und auch Stevie scheint richtig glücklich zu sein.

Als wir uns eine Stunde später verabschieden, schaut mich Toivo mit seinen großen braunen Augen an und zum Abschied bekomme ich noch einmal einen richtigen Elchkuss.

„Wir kommen wieder, Toivo", ruft Stevie, und ich glaube, mein kleiner Elch hat das verstanden.

Obwohl ich gerne noch geblieben wäre und ein ganz kleines bisschen traurig bin, schon wieder zurückfahren zu müssen, überwiegt doch meine Zufriedenheit darüber, wie gut mein kleiner Elch aussieht und was für ein Glück er hatte, dass Kanerva und ich ihn gefunden und gerettet haben. Es freut mich auch sehr, dass es Stevie so gut gefällt in Finnland. Ich habe dieses Land auch vom ersten Augenblick an geliebt.

Ich glaube ja an Energien – besser kann ich das jetzt nicht ausdrücken – aber mein Gefühl sagt mir, dass wir alle durch ein unsichtbares Energiefeld oder meinetwegen auch eine Schnur miteinander verbunden sind. Manche Menschen, zu denen ich mich zähle, nehmen diese Verbindung bewusster wahr. Das nennt man dann Telepathie oder Medialität. Ich persönlich denke, dass wir das alle können, nur sind die meisten Menschen so von äußeren Einflüssen abgelenkt, dass sie nicht darauf achten oder, wenn sie doch etwas merken, es lieber ignorieren oder als Spinnerei abtun. Wie oft hat schon das Telefon geklingelt, und wir wissen genau, wer dran ist. Wie oft denken wir an irgendeine Person und einen Tag später steht sie vor der Tür oder wir erhalten einen Brief oder eine Emailnachricht.

Mit besonders eng mit uns verbundenen Personen geht die Verbindung manchmal sogar über das rein Geistige und Emotionale hinaus. Mit Kanerva, für die ich dreißig Jahre lang auf Seminaren und Messen übersetzt habe, ging das sogar manchmal so weit, dass ich etwas, das sie noch gar nicht gesagt hatte, schon vorab übersetzt habe. Ganz extrem waren die beiden körperlichen Erlebnisse, die ich mit ihr hatte.

Ich war mit meinen Eltern im Urlaub in den Vereinigten Arabischen Emiraten, und wir gingen abends nach dem Essen immer noch ein wenig spazieren, gerne auch durch den alten Souk in Sharjah, wo es alles Mögliche zum Shoppen gab und wo man auch noch einen frisch gepressten Saft oder einen arabischen Kaffee trinken konnte.

Eines Abends lief ich ebenfalls durch den Souk und von einer Sekunde auf die andere wäre ich beinahe hingefallen. Meine Beine taten plötzlich ganz extrem weh und versagten einfach ihren Dienst. Wir mussten den Spaziergang abbrechen und meine Eltern mussten mich stützen. Später hörte ich, dass Kanerva an dem Abend mit Thrombose ins Krankenhaus gekommen war, extreme Schmerzen hatte und nicht mehr laufen konnte.

Ein anderes Mal fuhr ich, wie damals jeden Tag, gegen elf Uhr mit meinem Vater in den zwanzig Kilometer entfernten Reitstall. Damals ging ich noch auf Reitturniere und mein Trainer erwartete uns im Stall. Wie in Sharjah durchfuhr mich plötzlich von einer Sekunde zur anderen ein stechender Schmerz an meinem rechten Arm und ich konnte den Ellbogen nicht mehr beugen.

Da ich damals schon einige solcher Erfahrungen gemacht hatte, dachte ich sofort an die finnische Schamanin und so gerne ich sie auch hatte, so sehr verwünschte ich in diesem Moment unsere Verbundenheit. Ich sagte mir selber, dass ich ganz genau weiß, dass da keine Nadel ist und dass ich verdammt nochmal mein Pferd reiten würde, egal, wie sehr das jetzt wehtat.

Ich habe mein Pferd damals nicht geritten und musste meinen Reitlehrer bitten, das Training zu übernehmen. Der schaute mich erstaunt an und dachte sicherlich, dass ich total einen an der Waffel haben musste. Gesagt hat er nichts.

Als ich am Abend bei Kanervas Freunden anrief, erfuhr ich, dass sie im Krankenhaus war, einen anaphylaktischen Schock auf die Medikamente gehabt hatte und deshalb eine Infusion am rechten Arm bekommen hatte.

Ich bin wirklich eine sehr geerdete Person, ziemlich neugierig, das gebe ich zu, aber ich bin extrem kritisch und prüfe Dinge, die ich nicht verstehe und seltsam finde, immer ganz genau. Kanerva habe ich, wenn sie in Tieftrance arbeitete, jahrelang ganz genau beobachtet. Ich wollte unbedingt wissen, ob sie eine Schizophrene ist, eine Betrügerin oder nur eine sehr gute Schauspielerin. Ich konnte in all den Jahren nichts finden und vielleicht musste ich genau deshalb selbst ein paar dieser Erfahrungen machen.

So war das auch beim Feuerlauf in Galisteo, New Mexico gewesen, wo ich mit Ende zwanzig an einem Retreat mit sogenannten „Past Life Sessions", also Rückführungen, teilgenommen habe.

Am vorletzten Abend wurden da riesige Blocks von Holzstämmen verbrannt. Es dauerte mehrere Stunden, bis das Holz sich in einen sieben Meter langen und circa zwei Meter breiten, feuerroten Teppich verwandelt hatte. Ich hatte schon die ganzen zwei Wochen lang barfuß im glühend heißen Sand geübt. Ich war damals sehr ehrgeizig und bildete mir ein, das Happening vorbereiten zu können.

Als es endlich so weit war, nahmen wir uns alle an der Hand und stellten uns um den Teppich aus glühenden Kohlen herum auf. Das Lied, das wir mehrere Stunden lang gemeinsam sangen, hieß:

> *„I'm in the moment right now.*
> *I look deep inside; I feel my inner guide.*
> *I'm in the moment right now."*

Die ganze Woche über war ich mir sicher gewesen, dass ich, wenn das irgendein anderer konnte, auch auf jeden Fall laufen würde. Doch als ich vor den glühenden Kohlen stand, war es mir nicht möglich, mich auch nur einen Millimeter auf das Feuer zuzubewegen. Wie in Trance sah ich, wie zwei unserer facilitators, so hießen die Betreuer, die wir während der Rückführungen hatten, losliefen. Der Erste, der loslief, war Richard, mein persönlicher Betreuer während der Rückführungen und Jean, ein anderer Betreuer, mit dem ich mich sehr gut verstanden und ein bisschen angefreundet hatte. Ich lief – für mich selbst am aller Unerwartetsten und Schockierendsten -als Dritte.

Genau in dem Moment, in dem ich beschlossen hatte, dass das eine Nummer zu groß für mich war, und dass ich nicht laufen würde, lief ich los. Das heißt irgendwie lief ich gar nicht selbst. *Es* lief mich. Wie ferngesteuert und mit völlig unheiligen Gedanken im Kopf wie: „Sch..., was um Himmels Willen machst du da? Gleich lachen dich alle aus, wenn du einen Meter vor dem Feuer umdrehst."

Ich habe nicht umgedreht und ich war wahnsinnig erstaunt, dass ich, als ich den ersten Schritt auf die glühenden Kohlen setzte, null Wärmeempfinden verspürte. Es war gar nicht heiß. Es war ein Gefühl wie grobkörniger Sand und es knirschte unter meinen Fußsohlen. Man hatte uns gesagt, wir sollten auf keinen Fall hinunterschauen.

Ich lief also los und war erstaunt, dass die glühenden Kohlen nicht heiß waren, aber dann passierte das Malheur: mitten auf dem glühenden Teppich stolperte ich, weil da ein Stück Baumstumpf lag, der noch nicht zu hundert Prozent heruntergebrannt war. Instinktiv schaute ich nach unten, und jetzt kommt das Unglaubliche: ich war mir in dem Moment nicht bewusst, dass mein rechtes Bein bis über den Knöchel in den glühenden Kohlen stand. Den linken Fuß hatte ich in der Luft und, als ich die glutroten Kohlen sah, bekam ich eine

Wahnsinnsangst, den Fuß da hineinzusetzen. In dem Moment, in dem mein Fuß den Feuerteppich berührte, verspürte ich einen ganz furchtbaren Verbrennungsschmerz. Und im gleichen Moment dachte ich: „Du darfst nicht hinunterschauen. Schau ans Ende und lauf weiter."

Ich habe das so gemacht und es hat funktioniert. Ich habe mich wieder in den Kreis eingereiht und weiter mitgechantet, aber ich hatte ganz schlimme Schmerzen in meinem linken Fuß. Die Verbrennungen sieht man übrigens auch noch heute nach fast vierzig Jahren.

Als die Zeremonie zu Ende war, ging ich zu Chris Griscom, die das Seminar und den Feuerlauf geleitet hatte und zeigte ihr meinen Fuß. Ich fragte sie, ob sie mich ins Krankenhaus fahren könnte. Mein Fuß fühlte sich an wie ein aufgeblasener Ballon. Ich konnte auch keinen Schuh anziehen. Chris meinte, das sei eine Initiation gewesen und klar würde sie mich ins Krankenhaus fahren, wenn ich darauf bestünde, aber in ihren Augen sei alles bestens. Ich hätte mit meiner kritischen Haltung so ein Erlebnis selbst provoziert. Andererseits sei das im Grunde genommen auch gut so, denn, wenn ich mich nicht verbrannt hätte, hätte ich bestimmt geglaubt, dass das mit dem Feuer ein Trick gewesen sei, irgendeine Chemikalie oder so etwas in der Art. Das Feuer habe aber über tausend Grad. Ich solle daher aufhören, zu denken, dass ich gescheitert sei.

Und wirklich hatte ich genau dieses Gefühl gehabt.

Chris meinte: „Wenn du gescheitert wärst, hättest du jetzt nur noch verkohlte Stumpen statt Füße."

Sie schnitt mir die Brandblasen auf, sie wurden auch nicht desinfiziert und ich lief barfuß weiter im Sand.

Keine Ahnung, wie ich jetzt plötzlich in meiner Geschichte in New Mexiko gelandet bin, einem Ereignis, das beinahe vierzig Jahre früher stattgefunden hat, aber „Zeit ist eine

Illusion" heißt eins der phänomenalen Bücher von Chris Griscom, und genauso ist es.

Zeit und Raum sind irdische Konstrukte, die es in Wirklichkeit nicht gibt. Das haben so brillante Wissenschaftler wie Albert Einstein bewiesen. Deshalb ist es auch nicht verwunderlich, wenn ich mich an einem Punkt in meinem Leben, an dem es mir gelungen ist, eine weitere Blockade zu lösen, an die vorherigen Schritte erinnere.

KAPITEL 14

Heute ist der 23. Juni 2023, Juhannus, das finnische Mittsommernachtsfest.

Seit dem Besuch bei Toivo bin ich in Hochstimmung, ich möchte nur noch singen und tanzen und feiern. Das Leben feiern. Das sollte man eigentlich sowieso jeden Tag, aber unser Timing, das muss ich schon sagen, ist mal wieder perfekt! Die Sonne hat uns auch nicht im Stich gelassen. Es ist, seit wir in Helsinki gelandet sind, jeden Tag richtig sommerlich warm, sodass wir täglich in unserem See schwimmen können.

Heute kommen die ganzen Freunde und Verwandten, und es wird ein großes Fest geben. Der finnische Sommer ist einfach etwas ganz Wunderbares: die riesigen Seen, die Wälder, die Tiere, die freundlichen Menschen und das hervorragende Essen.

Die finnischen Erdbeeren, Senga sengana, suchen ihresgleichen. Man schmeckt einfach, dass sie fast vierundzwanzig Stunden Sonne am Tag abbekommen haben. Das gilt natürlich auch für alle anderen Beeren, besonders die Moltebeere, die auf Finnisch lakka heißt und wie eine gelbe Himbeere aussieht und, nicht zu vergessen, karpalo, die Moosbeeren, die ein bisschen wie Preiselbeeren aussehen und aber zu den Heidelbeeren gehören. Aus ihnen wird ein supersüßer Likör hergestellt, der hervorragend auf Vanille- und Schokoladeneis schmeckt. Vor allem sind die wilden Beeren so gesund und vitaminreich, weil Finnland umwelttechnisch sicher eines der saubersten europäischen Länder ist.

Überhaupt haben die Finnen ein ganz hohes Bewusstsein für natürliche Produkte. Das gilt nicht nur für Lebensmittel. Auch die finnischen Kosmetika sind ganz besonders und die Kleidung wird in Finnland ebenfalls in erster Linie aus natürlichen Stoffen wie Wolle und Baumwolle hergestellt.

Ich merke, wie ich schon wieder in meinen Gedanken abschweife, als mich Kanerva fragt, ob Stevie und ich vielleicht die Girlanden um den bereits festlich gedeckten Esstisch, direkt vor dem See, aufhängen könnten.

„Selvä, laitetaan kaikki."

„Stevie, hilfst du mir? Wir sollen die Girlanden aufhängen. Ich denke, wir holen erst einmal eine Leiter."

„Im mökki gibt's auch eine Werkzeugkiste. Da sind auch ein Hammer und kleine Nägel drin", meint Kanerva.

Zu zweit geht das ganz einfach mit den Girlanden. Sie sind alle blau weiß, die finnischen Farben, und es sieht sehr schön aus. Kanerva hat Tischdecken in den gleichen Farben. Die große blaue kommt über den ganzen Tisch, die beiden quadratischen kleineren obendrauf. Sie hat auch noch blaue Teller. Das sieht jetzt richtig schön aus.

Wir werden zehn Personen sein: Kanervas Bruder Oskari mit seiner Frau Riitva und den Zwillingen Emilia und Matti, Mummo, Päivi und ihr Bruder Pekka, sowie wir drei.

Stevie holt das Radio, einen Weltempfänger. Dann haben wir auch noch Musik. Und ich schaue mich nach ein paar schönen Blumen um. Weidenröschen gibt es hier genug. Ich versuche mich an einem gewagten Arrangement mit ein paar Birkenzweigen und Farn. Ich finde, das sieht sehr gekonnt und edel aus. Weil wir so viele sind, mache ich zwei kleinere Sträuße in Wassergläsern, in die ich ein paar Kiesel lege, die ich am See gefunden habe. Ich hole auch noch den kleinen Klapptisch heraus für die Beilagen und das Radio.

Päivi und Pekka haben versprochen, lohta, Lachs, mitzubringen und den typischen Flammlachs, der direkt auf ein Holzbrett mit Holznägeln aufgenagelt und ans Feuer gestellt wird, zuzubereiten. Darauf freue ich mich schon sehr. Dazu gibt es verschiedene Salate und natürlich Roggenbrot, das die Finnen immer und zu jeder Mahlzeit essen. Mummo hat Kuchen gebacken und Riitva und Oskari haben Getränke mitgebracht. Im Radio spielen sie finnische Tangos und die Männer haben ein schönes Feuer angemacht.

Es ist ein lustiger und sehr schöner Abend. Für mich ist das auch immer ein gratis Finnisch-Kurs, und ich merke, wie das nach kurzer Zeit immer einfacher geht mit der Unterhaltung. Die Sprache hat mich schon immer fasziniert. Sie hat so etwas Einfaches, Geradliniges und Warmes. Allerdings ist es mit den siebzehn Fällen, die es im Finnischen gibt und die in den meisten Fällen statt Präpositionen benutzt werden, keine einfache Sache. Man findet die Wörter nämlich oft nicht im Wörterbuch, weil sie sich in der deklinierten Form total vom Nominativ unterscheiden können. Das betrifft vor allem kurze Wörter. Das Wort „aika- Zeit zum Beispiel beginnt in fast allen deklinierten Formen mit „aj". Wenn man also „ajan", „ajoissa" oder „ajalle" im Wörterbuch sucht, kommt da nichts. Da ist es schon toll, wenn man einen richtigen Finnen fragen kann.

Der Duft nach Flammlachs reißt mich aus meinen Überlegungen. Er sieht toll aus, der rosarote, glänzende Fisch auf den Holzbrettern rund ums Feuer und er riecht so gut, ganz speziell hier im Freien am See, wo sich das mit dem Wasser, den Tannen und dem Feuer zu einem ganz besonderen Duft vereint. Die Kartoffeln sind auch fertig und Kanerva übernimmt es, für alle die Teller vorzubereiten.

Die Feuer waren in der Mittsommernacht schon in ganz alten Zeiten Tradition. Das sogenannte „kokko" diente wie gesagt dazu, böse Geister zu vertreiben und eine gute Ernte zu sichern. Dazu wurde viel Alkohol getrunken und jede Menge Krach gemacht, weil auch das die bösen Geister abhält.

Kanerva trinkt ja keinen Alkohol. Trotzdem hat sie für Stevie Bier mitgebracht, weil sie weiß, dass er das gerne trinkt. Normalerweise wird in Finnland viel Lapin Kulta – Lapplands Gold – getrunken, aber Kanerva fand es lustig, in Erinnerung an mein Erlebnis mit dem Bären „Karhu" zu besorgen, was auf Deutsch „Bär" bedeutet, und so steht ein Six-Pack schwarzer Karhu-Dosen mit einem goldenen Bärengesicht, das einen grimmig anschaut, auf unserer kleinen Anrichte, daneben eine Flasche Koskenkorva Vodka. Wein gibt es in Finnland nicht wirklich, aber Päivi hat extra eine Flasche Beerenwein für mich besorgt.

„Das ist eine finnische Neuerfindung seit einigen Jahren", erklärt sie mir.

„Das Weingut heißt Lepaa und ist in der Nähe von Hämeenlinna, gar nicht so weit weg von hier. Ungefähr zweieinhalb Stunden Richtung Tampere."

„Ah, jetzt weiß ich Bescheid. In Tampere habe ich meinen ersten Finnischkurs an der „kesäyliopisto", der Sommeruniversität, gemacht. Das war super toll. Es ist ein Finnisch-Kurs für Ausländer, und der erste Kurs war sehr hart für mich, weil ich gar nichts konnte. Die anderen Studenten waren aus Estland und Russland und verstanden natürlich schon viel mehr als ich. Eine Frau war aus Südamerika. Mit ihr hatte ich mich damals ab und zu auch außerhalb des Kurses getroffen, und wir versuchten eine erbärmliche Unterhaltung auf Finnisch/Spanisch/Englisch. Es war aber lustig und einmal waren wir in einer Art Bar und tanzten mit wildfremden Finnen Tango. Als die Herren immer betrunkener wurden, flüchteten wir laut gackernd. Den Abend werde ich nie vergessen. Alkohol ist in Finnland ein echtes Problem. Schlimm ist es, wenn am „keskiviiko", also immer mittwochs tonnenweise betrunkene ganz junge Leute am Straßenrand herumtorkeln und sich die Kante geben. Das habe ich in Tampere immer wieder gesehen."

„Ja, da hast du leider recht", sagt Päivi, „viele Finnen können mit Alkohol einfach nicht umgehen. Aber schau, die Zwillinge haben etwas für euch einstudiert."

Emilia und Matti waren kurz verschwunden. Sie haben extra für Stevie und mich ihre karelischen Trachten angezogen. Emilia trägt einen blauen Rock mit weißer Bluse, einer roten Kette und einen Blütenkranz in den Haaren mit einem roten Band, das ihr über die Schultern fällt. Matti trägt eine rote Weste über seinem weißen Hemd und eine dunkelblaue Hose. Sie stellen sich vor dem See auf und verbeugen sich.

Riitva hat eine CD mitgebracht mit traditioneller finnischer Musik. Ich bin ein bisschen überrascht. Es klingt fast wie eine alpenländische Musik und Emilia und Matti hüpfen vor uns im Kreis. Es ist ein sehr schneller, fröhlicher Tanz, der mich ein bisschen an die sizilianische Tarantella erinnert. Die Hüpfer zwischendrin sind allerdings sehr lustig und ganz anders.

Dann kommen die beiden zu uns an den Tisch und fordern uns zum nächsten Tanz auf. Emilia nimmt ihren Blumenkranz, den traditionellen „juhannusseppele", ab und setzt ihn mir auf, und es macht richtig Spaß.

Stevie ist auch begeistert. Er ist der erste Mann in meinem Leben, der gerne tanzt.

Fünf Minuten später sind alle auf der Tanzfläche und wir tanzen einen Gruppentanz zusammen in einem großen Kreis.

Dann verabschiedet sich Oskari. Er will die Sauna anmachen. Das ist auch Tradition in Finnland. Die Sauna nach dem Essen ist Pflicht. Stevie und Pekka gehen ihm helfen, und wir anderen räumen den Tisch ab.

Dann meint Kanerva, dass sie in der kleinen Küchenecke alleine klarkommt. Wir anderen sollen *saunavasta* machen. Das sind kleine Quasten, die wie Blumensträuße aussehen und traditionell mit dünnen Birkenzweigen ganz ohne künstliche Bänder gebunden werden und mit denen man sich in der Sauna auf die Haut schlägt. Das dient der Durchblutungsförderung und durch die in den Birkenblättern enthaltenen Saponine haben die vasta auch einen reinigenden Effekt. Birkenrinde wirkt außerdem entzündungshemmend und lindert Muskel- und Gelenkschmerzen, und auch gegen Mückenstiche sollen die saunavasta gut sein. Ich liebe auch den frischen Duft, den sie in der Sauna verbreiten.

Jetzt geht es also zum Birkenzweige sammeln. Wir brauchen zehn Quasten, denn ganz klar gehen alle in die Sauna, von der Oma bis zum Enkelkind. Naja, klein sind die Enkelkinder ja nicht mehr. Die Zwillinge sind jetzt schon achtzehn Jahre alt. Als ich sie bei meinem zweiten Finnland-Besuch kennengelernt habe, waren sie noch Babys.

Matti erklärt mir, dass die Zweige so siebzig, achtzig Zenti- meter lang sein sollten und er hilft mir auch beim Binden, denn bei mir fallen die Quasten immer wieder auseinander. Man darf nämlich keine Schnur zum Binden verwenden, stattdessen werden dünne Äste verwendet, die mehrfach um die Büschel geschlungen werden.

Kaum haben wir unsere vasta fertig, rufen auch schon die Jungs: „Sauna on valmis. Oletteko tulossa? — Die Sauna ist fertig. Kommt ihr?"

Kanerva hat uns gehört und kommt lachend mit einem Stapel Handtüchern und lustigen kleinen runden Schaum- stoffteilen, die aussehen, wie die Plastikdinger, die die Kinder in letzter Zeit öfter zum Rutschen im Schnee benutzen.

Praktisch, denke ich mir. Ich finde das immer so blöd, das frisch gewaschene Handtuch in der Sauna oder noch schlimmer im Dampfbad nass zu machen, denn hinterher zum Abtrocknen oder Umbinden ist ein nasses Handtuch ziemlich eklig.

Na ja, in Saunafragen macht man den Finnen nichts vor.

Wir gehen alle zusammen in die Sauna. Die Herren haben sich jeder eine Dose Karhu Bier mitgenommen. Ich muss lachen. Man sollte echt ein Foto machen. Wie in der Ricola Reklame.

„Wer hat's erfunden?", flüstere ich Stevie zu und dann lachen wir beide uns halbtot.

„Alles in Ordnung?" Kanerva sieht mich fragend an.

„Ja klar, alles bestens. Mir ist nur gerade so eine witzige Reklame eingefallen, die bei uns im Fernsehen läuft. Die spielt in einer finnischen Sauna und das sieht genauso aus wie jetzt hier."

Wir verbringen über zwei Stunden mit saunieren und immer wieder im See schwimmen.

Stevie strahlt. Er liebt die Sauna, speziell im Freien und mit so viel Natur um uns herum.

Danach gibt es noch einmal Getränke an unserem großen Tisch, und Kanerva bietet uns jetzt noch etwas „Juhannus taika", den Mittsommerzauber, der in dieser Nacht unerlässlich ist. Die Mittsommernacht ist nämlich eine magische Nacht, die schon immer mit vielen Ritualen und Zaubersprüchen verbunden war. Es ist eine Zeit der Leichtigkeit, des Überschwangs und vor allem des Lichts. Früher gab es auch viele Schutzrituale vor bösen Geistern und Fruchtbarkeitsrituale, sowohl für die Landwirtschaft, indem man sich eine gute Ernte wünschte, aber auch im Familienkreis, wenn sich junge Paare Kinder wünschten.

Kanerva hat eine hölzerne, bunt bemalte Kiste mitgebracht, die mit einem weißen Seidentuch ausgelegt ist. Darin befindet sich ein Buch, ein roter Schal, Kerzen, getrocknete Kräuter, eine Feder, und Karten.

Natürlich braucht sie eigentlich gar keine Tarotkarten, aber ich denke, sie möchte uns auch etwas von den finnischen Traditionen zeigen. Vielleicht denkt sie auch, dass es für Stevie, der ja im Leben noch nie einem Tieftrance-Medium begegnet ist, leichter ist, einen Zugang zu ihrer tiefen schamanischen

Spiritualität zu finden, wenn sie so ein bisschen Tam Tam um das Ganze macht und das dann eine eher lustige Komponente hat. Egal, ich finde es gut und zum Anlass passend und ich bin auch nicht weiter erstaunt. Kanerva weiß im Grunde genommen ziemlich gut, was sie tut.

Sie holt das weiße Seidentuch aus der Kiste und legt es auf den Tisch. Dann stellt sie drei Kerzen im Dreieck eng nebeneinander rechts vor sich auf den Tisch und zündet sie an. Jetzt nimmt sie die Kräuter, es sieht aus wie Salbei, und hält sie über die Kerzen. Das Kräutersträusschen fängt an zu glühen und es entsteht ein duftender Rauch, den sie mit der anderen Hand mit der Feder in unsere Richtung streicht und über den ganzen Tisch verteilt.

Dann drückt sie mir die Karten in die Hand und sagt: „Mischen!"

Sie schaut uns alle, einen nach dem anderen kurz an und bleibt bei Stevie hängen.

„Du", sagt sie, „misch die Karten noch einmal und leg sie verdeckt auf drei Stapel. Dann zieh eine Karte und leg sie in die Mitte."

Stevie mischt lange und zieht die Karte.

„Der Narr"

Ich bin ein bisschen beunruhigt. Das wird ihm jetzt nicht gefallen.

Kanerva lächelt und meint: „Das ist deine jetzige Situation. Du bist offen und hast die Bereitschaft für ein Wagnis. Du hast einen großen Durchbruch erreicht und dich von vielen schweren Ereignissen befreit. Höre auf die Stimme deines Herzens."

Na, das klingt ja wirklich superschön. Alles, was ich mir wünsche.

„Nun ziehe aus einem anderen Stapel eine Karte."

Stevie zieht die Karte „Der Eremit"

Das passt ja wie die Faust aufs Auge, denke ich.

„Diese Karte steht für deine Vergangenheit. Du hast dich auf den Weg zum Licht gemacht und warst bereit, deinem eigenen Schatten zu begegnen. Es ist eine Karte der Vollendung und Erntezeit. Nun zieh die dritte Karte aus dem dritten Stapel. Sie steht für deine Zukunft"

Stevie zieht „Das Universum"

„Das Universum ist eine sehr hohe Karte. Sie bedeutet Vollendung, kosmische Vereinigung, Befreiung aus Gebundenheit und große Reisen. Sie bedeutet auch Beendigung von Karma und Leben im Einklang mit der Natur und dem Universum."

Stevie lächelt und schaut nachdenklich. Ich freue mich, dass er sich auf das Ganze eingelassen hat und ich bin auch irgendwie beruhigt, dass er so gute Karten gezogen hat.

„Und jetzt du." Kanerva reicht mir die Karten und hält das Salbeibüschel wieder über die Kerzen. Dann verteilt sie die Rauchwolke wieder in alle Richtungen.

Ich mische die Karten.

„Drei Stapel? Wie vorhin?"

„Ja, genauso."

Ich mache drei Stapel und lege sie vor mich hin. Dann schaue ich Kanerva an. Sie nickt und ich ziehe die erste Karte.

Ich drehe sie um: „Das Ass der Kelche"

Kanerva lächelt wissend. „Das Ass der Kelche ist das Symbol für überströmende, gebende Liebe, die Erde und Kosmos verbindet. Es ist ein offenes Zeichen: offen, empfänglich, hingegeben. Es trägt die verwandelnde Stärke der Liebe in sich."

Die zweite Karte, die ich ziehe, ist die Karte „Zwei Stäbe".

„In der Vergangenheit hast du viel gekämpft. Du warst allein und musstest überleben. In der Karte geht es um Herrschaft, kriegerische, zentrierte Energie, sein Leben beherrschen, meistern und die Kraft der eigenen Mitte finden. Die zwei Pferdeköpfe symbolisieren Temperament und Durchsetzungsvermögen, und Pferde haben ja immer schon eine besondere Bedeutung für dich gehabt."

Als dritte Karte ziehe ich „Die neun Scheiben".

„Wie du siehst, dominieren in der Karte drei Farben: rosa, blau und grün. Rosa steht für Liebe, blau für Weisheit und grün für Kreativität. Rosa, die Liebe, scheint durch die anderen Farben hindurch und verbindet sie. Sie ist die zentrale Kraft. Je mehr du gibst, umso mehr wirst du bekommen. Das Dreierprinzip zeigt die Offenheit für ungewöhnliche Beziehungskonstellationen. Die höchste Aufgabe im Leben ist die Selbstverwirklichung. Die Nichterfüllung dieser Aufgabe bedeutet Selbstverleugnung. Das ist das kosmische Gesetz des Reichtums, die sowohl in finanzieller Hinsicht als auch in Liebesbeziehungen besagt, dass der, der am meisten gibt, am meisten erhält."

Stevie und ich schauen uns an. Es ist ein magischer Moment ohne Worte und der Abschluss dieser wunderbaren, für uns alle so lehrreichen Zeit hier in Finnland, dem Land, in dem ganz ohne Zweifel die glücklichsten Menschen leben.

EPILOG

Es sind zwei Jahre vergangen. Es waren die schönsten in meinem ganzen Leben. Ich habe mein Reitzentrum verkauft mit lebenslänglichem Wohnrecht für mich und meine Pferde. Endlich bin ich frei.

Ich kann reisen, was ich schon immer geliebt und in den letzten zwanzig Jahren so schmerzlich vermisst habe. Ich habe Zeit für meine Pferde, die, solange ich berufstätig war, immer erst zum Schluss kamen, und ich habe Zeit für die Menschen, die mir wichtig sind, meine Freunde und Bekannten und natürlich für Stevie, meinen allerbesten Freund.

Das Leben ist schön. Ich bin aktiv und unternehme viel. Ich mache immer noch Ausbildungen. Im Moment mache ich ein Jahresseminar in Tierkommunikation, das ich sehr inspirierend finde, und lerne Spanisch.

Davor habe ich mein erstes Buch geschrieben, eine Autobiografie, in erster Linie geht es darin um mein Leben mit Pferden, die mein Leben zum großen Teil geprägt und bereichert haben.

Danach – wie sollte es auch anders sein – habe ich eine Schreibschule besucht und einen Einblick bekommen, wie ich mein Buch hätte schreiben sollen. Hihi, das ist mal wieder echt lustig, wenn man die Ausbildung macht, nachdem das Projekt beendet ist, aber in meinem Leben lief ja fast alles anders als normal.

Und trotzdem oder gerade deswegen bin ich sehr zufrieden und glücklich. Ich bin ruhiger geworden. Ich kämpfe nicht mehr. Von der Amazone zur ganz normalen Frau, denke ich manchmal. Ich muss nichts mehr beweisen. Ich kann einfach so sein, wie ich bin. Und jetzt mit etwas mehr Abstand sehe ich die verschiedenen Stationen in meinem Leben und es kommt mir manchmal so vor, als ob ich mich immer im Kreis gedreht habe und immer wieder an derselben Stelle gelandet bin, und es fällt mir ein altes Lied von Margot Werner ein

„Und für jeden kommt der Tag, da steht er dort, wo er begann, da fängt das alte Spiel mal wieder ganz von vorne an …"

Obwohl das eigentlich gar nicht stimmt. Ja, ich habe oft ähnliche Situationen wieder und wieder erlebt. Ich hatte manchmal richtige Déjàvus. Und erst heute sehe ich, dass ich niemals zweimal an der gleichen Stelle war.

Aus allen meinen Erlebnissen habe ich gelernt, und, wenn die Situationen auch oft auf den ersten Blick ähnlich erschienen, so habe ich mich doch ständig weiterentwickelt und konnte ganz anders reagieren und auf dem vorher Erlebten aufbauen. Ich denke, das Leben läuft in einer Spiralform. Es geht zwar immer irgendwie im Kreis, so wie Tag und Nacht, Woche um Woche oder Jahr um Jahr, aber, wenn wir Glück haben, geht es bei der Spirale immer eine Drehung nach oben und irgendwann haben wir dann hoffentlich den Überblick in unserem Leben.

Eigentlich bin ich, wenn ich mir das so überlege, ein kleines bisschen stolz auf mich. Ja, ich habe ein paar Dinge gelernt in den letzten Jahren.

„Je mehr du gibst, umso mehr wirst du bekommen", hat meine finnische Freundin Kanerva damals gesagt. Und sie hat recht gehabt. Ich habe meinen Vater immer bewundert, weil er sich wirklich und ehrlich für andere freuen konnte. Ich konnte das, als ich jünger war, nicht immer und ich freue mich, dass sich das geändert hat.

Die Zeit, in der ich mich ständig an anderen orientiert habe und geschaut habe, ob ich es richtig mache, ob sie mit mir zufrieden sind oder mich kritisieren, ist vorbei. Ich mache mein Ding. Wenn es Probleme gibt, versuche ich, sie zu lösen. Ich gebe immer mein Bestes. Mehr kann ich nicht tun.

Ich bin dankbar, dass ich so viel erleben durfte. Langweilig war mein Leben jedenfalls nie. Ich habe die verrücktesten Dinge gemacht, und ich weiß nicht, wie ich manches Mal überhaupt auf so exotische Ideen gekommen bin. Meine Eltern haben mich dazu nicht inspiriert. Das fing schon damit an, unbedingt reiten lernen zu wollen. Keiner in meiner Familie und in meinem Freundeskreis ist damals geritten. Ich hatte das nur einmal in der Schule von einer Klassenkameradin gehört, und es sollte mein ganzes Leben grundlegend verändern.

Auch die spirituelle Ebene außerhalb der evangelischen Kirche existierte in meinem Zuhause nicht, und trotzdem habe ich schon ganz früh angefangen, Bücher über Reinkarnation und Yoga zu lesen. Ich habe Ufo-Kongresse besucht und ich habe ein vierzehntägiges Seminar über Pastlife Sessions in New Mexico bei Chris Griscom besucht, das wieder eine grundlegende Veränderung in meinem Leben zur Folge hatte. Das war überhaupt total verrückt damals. Ich hatte Ende der Achtzigerjahre ein Buch von Chris gelesen – ich glaube, es war „Zeit ist eine Illusion" – und ich war so fasziniert, dass ich die Frau unbedingt kennenlernen wollte.

Als ich in der Esotera, einer spirituellen Zeitschrift der Siebziger und Achtziger, las, dass sie im Mai in die Schweiz nach Luzern und Zürich kommen würde, habe ich mich für beide Veranstaltungen angemeldet. Ich habe meine Freundin gefragt, die gerade in den Ferien im Tessin war, ob sie auch kommen wolle. Sie sagte zuerst zu, ging dann aber doch nicht mit, und so fuhr ich alleine hin.

Ich werde nie die geführte Meditation vergessen, die Chris damals mit uns gemacht hat. Wir sollten uns vorstellen, wir seien feste Materie, ein Ein-Kilo-Barren Gold. Sehr passend für ein Seminar in der Schweiz, dachte ich noch. Die Frau hat Humor! Dann saß ich da mit geschlossenen Augen und konnte mir beim besten Willen überhaupt nichts vorstellen. Mein Kopfkino lief sofort Amok. Ich soll ein Goldbarren sein. Wie idiotisch!

Die Meditation war aber noch nicht zu Ende.

Jetzt sollten wir uns vorstellen, wie es immer heißer würde und wirklich, plötzlich empfand ich die Raumtemperatur als unangenehm heiß. Das Kopfkino ging sofort wieder los: Tolle Erkenntnis. Es ist heiß in diesem voll gesteckten Glaskasten Mitte Mai, in den von allen Ecken die Sonne hereinscheint. Da wäre ich nie selbst draufgekommen, dass es heiß ist.

Und dann ging es plötzlich zur Sache: wir sollten uns vorstellen, wie das Gold in der Hitze weich und schließlich flüssig wird. Wir sollten spüren, wie wir selbst zerfließen und in einen komplett flüssigen Zustand übergehen. Und dann spürte ich das. Mein Körper hatte nicht mehr seine gewohnte Form. Er begann zu zerfließen. Wow, das war ja jetzt erschreckend – ohne Worte!

Nun sollte die Flüssigkeit immer dünner werden, dünn, wie Wasser und schließlich verdampfen. Während ich im flüssigen Zustand ein ruhiges, langsam sich ausdehnendes überall präsentes Gefühl hatte, zuerst ein bisschen zäh und klebrig, dann immer fließender und anpassungsfähiger, spürte ich jetzt auf einmal ein Prickeln wie Champagner. Ich zerfiel in tausend kleine Gasbläschen. Das war ein lustiges, fröhliches Gefühl. Ich hätte lachen und tanzen können und fühlte mich übermütig, hüpfte herum und war überall zugleich anwesend.

Jetzt kündigte Chris ein radioaktives Feld an, in das wir nun fliegen würden. Ganz kurz meldete sich wieder mein Kopfkino, die kritische Stimme, die prinzipiell erst einmal alles doof findet, da ich mir überhaupt nicht vorstellen konnte, wie sich das jetzt anfühlen sollte und was ich da spüren sollte, aber dann spürte ich es plötzlich: es war wie Eisplatten, die sich auf meinen ganzen Körper legten, aber vor allem auf die

Brust. Ich konnte kaum mehr atmen und ich fror und das in dem bestimmt dreißig Grad warmen Raum. Dazu kam ein ganz unangenehmes elektrisches Gefühl, und jetzt hörte ich verschiedene Leute im Raum schreien, laut und panisch. Ich hatte ebenfalls ein Gefühl der Angst und des Ausgeliefertseins.

Chris beendete darauf die Meditation, und wir durften wieder zurückkommen. Ich war aber so beeindruckt, dass ich am Ende des Seminars zu ihr ging und ihr sagte, ich wolle gerne zu ihr nach USA kommen und an den Past Life Sessions teilnehmen, über die sie im Seminar gesprochen hatte. Sie gab mir einen Zettel, auf dem ihre Adresse stand und auf dem ein solches Seminar für Anfang Juni angeboten wurde. Da wollte ich unbedingt hin, aber das war ja schon in drei Wochen. Internet hatte ich damals noch nicht. Das war auch noch gar nicht üblich Anfang/Mitte der Achtzigerjahre.

Ich fragte Chris, ob ich mich bei ihr anmelden könne und sie meinte, ich solle lieber an die Adresse, die sie mir gegeben habe, schreiben. Das sei ihr Büro.

Ich schrieb, wie sie mir das aufgetragen hatte und es passierte zwei Wochen lang nichts. Ich wollte schon aufgeben und dachte, das funktioniert so nicht, als ich fünf Tage, bevor das Seminar begann, eine Postkarte aus Galisteo N. M. bekam, auf der nur stand: „Looking forward to seeing you soon. Try to come 2–3 days before the program starts."

Das war ja schon in drei Tagen. Die hatten vielleicht Humor. Ich schaute auf dem Globus, wo Galisteo, New Mexico, überhaupt war, und konnte es nicht finden. Als ich dann dort war, wunderte ich mich nicht mehr. Der Ort hatte damals knapp zweihundert Einwohner.

Ich buchte einen Flug von Frankfurt über Dallas nach Albuquerque. Mein Vater gab mir einen Tausendmarkschein und ein paar Dollars, die er noch von einer Reise zuhause hatte, mit, denn die Zeit, um Dollars bei der Bank zu bestellen, hatte ich nicht mehr. Und so flog ich wenige Tage später nach Albuquerque.

Ich war damals Ende zwanzig und wundere mich heute, woher ich als so junge Frau den Mut genommen habe, eine derartige Reise ganz alleine zu machen. Ich hatte keine Ahnung, wo Galisteo überhaupt war, ich hatte kein Hotel und fast kein amerikanisches Geld. Eine Kreditkarte besaß ich auch nicht. Das sollte mir im Übrigen noch zum Verhängnis werden, weil man in den USA schon damals ohne Kreditkarte komplett aufgeschmissen war.

Ich weiß noch, dass ich mir bei der Zwischenlandung in Dallas für fünf Dollar ein Mammuteis gekauft habe – ein Wahnsinnspreis. Ich glaube, der Dollar stand damals bei 3,60 DM. Anschließend saß ich im Flugzeug zwischen zwei übergewichtigen älteren Texanern mit riesigen Cowboyhüten, die unentwegt mit mir kommunizierten und mich dabei fast zerquetschten. Ich konnte kaum meine Cola trinken, weil ich so wenig Platz auf meinem Sitz hatte. Trotzdem waren die Herren sehr nett und der Flug war kurzweilig.

In Albuquerque fragte ich nach dem Bus, der nach Galisteo fuhr. Galisteo gab es nicht, aber Santa Fe war eine Option. Man erklärte mir, wo die Haltestelle war, und ich lief mit meinem Koffer völlig übernächtigt in der Bruthitze bis zu der Bushaltestelle, die man mir an der Information beschrieben hatte. Und dann saß ich über zwei Stunden am Straßenrand, todmüde und einigermaßen verzweifelt, weil ich dachte, da kommt niemals ein Bus. Irgendwann kamen zwei Leute, die auch in die Richtung wollten und dann kam endlich auch der Bus.

Die Fahrt war wunderschön. Eine Hügellandschaft mit kleinen dunklen Flecken, die von den Büschen kamen. Es sah aus, wie ein riesengroßer Dalmatiner. „The Land of Enchantment", so wurde New Mexico genannt und das war es auch, das Land der Verzauberung". Ich konnte den Blick nicht von dieser wunderschönen Landschaft lassen und ich war kein bisschen mehr müde.

Und dann kam ich endlich nach zweistündiger Fahrt in Santa Fe an und nahm mir ein Taxi nach Galisteo. Der Ort war klein und geprägt vom in dieser Region üblichen Adobe-Stil. Die Häuser waren aus ungebrannten rötlichen und gelblichen Lehmziegeln gebaut und hatten ganz individuelle, rundliche Formen. Als Architektentochter fiel mir das Kreative dieser Bauweise sofort auf, weil mein Vater sich immer über die LBO, die Landesbauordnung von Baden-Württemberg, aufgeregt hat, die im ersten Satz besagt, dass jeder bauen kann, wie er will und dann kommen im Rest der Verordnung nur noch Einschränkungen zu dieser Aussage. Eine so faszinierende Bauweise, wie ich sie hier in Santa Fe und Galisteo sah, wäre bei uns zum damaligen Zeitpunkt ganz unmöglich gewesen.

Als ich nach Galisteo zu der von Chris angegebenen Adresse kam, war ich sehr erstaunt, dass es da neben zwei kleinen Gebäuden mitten in der Wüste nur mehrere Zelte gab. Einige kleine und ein großes. Ich lief in Richtung Wohnhaus, als mir ein junger Mann entgegenkam, der mich fragte, wer ich sei und was ich wollte. Als er hörte, dass ich eine Seminarteilnehmerin war, erklärte er mir, dass ich erst in drei Tagen wiederkommen könne, wenn das Seminar begann.

Glücklicherweise hatte das Taxi gewartet, und so fuhr ich zurück nach Santa Fe.

Ich hatte auch dort Glück und es gab ein Hotel in Santa Fe, sogar ein sehr schönes, das Hilton of Santa Fe, allerdings bekam ich nur ein Zimmer, wenn ich eine Kreditkarte hinterlegte oder im Voraus cash in Dollar bezahlte. Die erste Nacht konnte ich mir leisten und morgen würde ich zur Bank gehen und die D-Mark in Dollar umtauschen.

Um es kurz zu machen, keine der örtlichen Banken wollte mir meine D-Mark tauschen. Ich hatte kaum noch Dollars und wusste nicht, was ich jetzt tun sollte. Das Wechseln von Fremdwährungen war anscheinend nur in Albuquerque am Flughafen möglich. Also zurück zum Flughafen.

Und unglaublich, aber so passiert, es war Samstag und Samstag war der einzige Tag, an dem die Bank am Flughafen geschlossen war. Ich hätte heulen können. Also wieder zurück nach Santa Fe, wo die Bushaltestelle war, wusste ich ja jetzt. Ebenso, dass man Geduld brauchte.

Ich hatte Hunger und den ganzen Tag noch nichts gegessen. Da ich kein Geld hatte, aß ich am späten Nachmittag eine New England Clam Chowder, eine Muschelsuppe mit Kartoffeln und Speck, das war das Billigste auf der Karte und die Suppe kam statt in Porzellan in einer Bowl aus Brot. Ich konnte also die Suppenschüssel auch noch mitessen und das tat ich auch. Der Ober schaute zwar etwas komisch, aber das war mir an dieser Stelle egal.

Die zwei weiteren Tage konnte ich nur überleben, weil ich den Gedanken, zwei Tage zu hungern und im Park auf einer Bank zu schlafen, durch eine geniale Idee, wie ich fand, erst einmal zur Seite schieben konnte.

Santa Fe ist voll von mystischen Gemälden und Kunstgegenständen und es gibt wunderschöne Kleider und Stoffe mit indianischen Mustern und auch tollen Silberschmuck. Da ich nichts Besseres zu tun hatte, erforschte ich die Stadt zu Fuß und sah mir auch die Galerien und Boutiquen an. Ein Geschäft, das Indianerschmuck, Halbedelsteine und sehr schöne bunte Kleider hatte, sah ich mir näher an. Da war ein ganz toller Navajo Silber Concha Belt aus dunkelbraunem Leder mit kleinen lilafarbenen Steinen. Auf meine Frage hin, was für Steine das wären, erklärte man mir, das sei Sugilitis, ein ganz junger Stein, der helfen sollte, Konflikte zu lösen und gegen Ängste und Paranoia helfen könne. Das konnte, wie ich dachte, speziell in meiner jetzigen Situation überhaupt nicht schaden, aber vor allem wollte ich meine Deutsche Mark gewechselt haben. Der Gürtel sollte hundertachtzig Dollar kosten, weil es angeblich ein sehr gut erhaltener, von Navajo Indianern in Handarbeit in den zwanziger Jahren gefertigter Gürtel war, der kaum Gebrauchsspuren aufwies. Ich fragte, ob ich ihn mal anprobieren dürfe. Die Verkäuferin war sehr nett und holte ihn aus der Vitrine. Er passte perfekt. Ich überlegte hin und her, aber dann sagte ich der Verkäuferin, dass ich ihn gerne nehmen würde, dass ich aber nur Deutsche Mark hätte. Ich zeigte ihr den Tausendmarkschein und sie wendete ihn einige Male in ihrer Hand und hielt ihn ins Licht. Dann ging sie hinter den Ladentisch und zeigte ihn einem Mann, der den Schein der gleichen Prozedur unterzog. Als ein Kunde in den Laden kam, interessierte der sich auch für den exotischen Schein. Er hatte aber die glänzende Idee, in der Tageszeitung einmal nach dem Kurs der D-Mark zu schauen. Auf einmal war der Laden gesteckt voll und mehrere Amerikaner diskutierten das Währungsthema. Dann kam die Verkäuferin und meinte, sie könne doch aber gar keine D-Mark rausgeben. Ich sagte, ich würde gerne Dollar akzeptieren.

Nach einer weiteren halben Diskussionsstunde bot sie mir an, das Geschäft zu machen, und zwar zum in der Tageszeitung angegebenen Kurs. Ich atmete erleichtert auf. Gott sei Dank! Ich hatte echt Angst gehabt, wie ich die nächsten zwei Tage überleben sollte, weil das Hotel mein Geld nicht akzeptieren wollte. Überglücklich zog ich den neuen Gürtel an und steckte das Wechselgeld ein.

Mein erster Weg führte zurück ins Hotel und ich bezahlte eine weitere Nacht. Außerdem genehmigte ich mir ein fettes Steak mit baked potatoe und sour cream. Das Leben war gut. Und ich erinnere mich noch heute nach so vielen Jahren an dieses superlative Essen.

Und dann war es endlich so weit: unser Seminar „Sense of Success" begann.

Sense of Success, also das Gefühl für Erfolg, war ein sehr guter Titel für so ein abgefahrenes Seminar und ich glaube, wenn sich der Titel nicht so normal und für mich verständlich angehört hätte, hätte ich damals gar nicht den Mut gehabt, mich dem auszusetzen.

Ich glaube, ein Seminar mit dem Titel „Akasha-Chronik", „Reinkarnation" oder „Die Heilkraft der Engel" hätte mich ganz sicher in die Flucht geschlagen.

Trotz des angenehmen Titels hatte ich absolut keine Ahnung, was mich nun hier, mitten in der Wüste, erwartete. Die erste sehr beeindruckende Übung für uns achtzehn Teilnehmer nach der Vorstellungsrunde war, dass wir alle in der Mitte des Meditationszelts einen Kreis bilden sollten, der dann immer enger gemacht wurde, bis wir nur noch Rücken an Bauch dicht hintereinanderstehen konnten. Dann sollten wir uns alle gleichzeitig ganz langsam auf die Oberschenkel unseres Hintermanns setzen, ohne dabei umzufallen oder die anderen aus dem Gleichgewicht zu bringen. Danach sollten wir alle gleichzeitig wieder aufstehen.

Die Übung war extrem gut, fand ich, weil wir vom ersten Moment an einen Gruppensinn bekamen und verstanden, dass es hier nicht darum ging, besser zu sein als der andere, sondern, dass wir nur gemeinsam erfolgreich sein konnten und das schwächste Glied der Gruppe die Geschwindigkeit und Intensität bestimmte. Das heißt, wir verstanden sofort, dass wir alle voneinander abhängig sind, uns miteinander abstimmen und aufeinander achten mussten, und es Sinn macht, schwächere Gruppenmitglieder zu unterstützen.

Die Rückführungen sollten in zwei Gruppen, abwechselnd vormittags oder nachmittags stattfinden, und jeder von uns bekam einen persönlichen Betreuer für die ganze Zeit. Ich bekam Richard Noll als sogenannten „facilitator". Ich war ehrlich gesagt, gar nicht so begeistert, meine Rückführungen mit einem Mann machen zu müssen, aber ich hörte dann, Richard sei einer der ältesten und erfahrensten Therapeuten.

In der ersten Sitzung ging es darum, das innere Kind zu finden und damit die Situation, in der ich mich im Moment befand, abzuklären. Dazu musste ich mich auf eine Liege legen und mehrmals tief ein- und ausatmen. Richard massierte dabei meinen Kopf und meine Schläfen, drückte meine Ohren und beide Akupunkturpunkte an meinem Nacken. Dann berührte er das dritte Auge und danach ganz stark alle sieben Chakrapunkte an meinem Körper. Er drückte so stark, dass es wehtat, und erklärte mir, dass er den Energiefluss anregen und öffnen wolle.

Dann stellte er meinem inneren Kind verschiedene Fragen und bat um Botschaften, die in dieser vorbereitenden Sitzung vor allem in Form von Farben und Bildern kamen.

Mein inneres Kind zeigte sich als Diamant und war etwa vier Jahre alt. Auf die Frage, ob es ein Mädchen oder ein Junge war, konnte ich nicht antworten.

Diese Antwort war damals völlig unbedeutend für mich. Sie bekam aber immer mehr Bedeutung, zuerst, als Lea Sanders bei ihrem Reading eine Woche später meinte, ich hätte sehr viel männliche Energie. Damit könnten nicht viele Männer umgehen. Außerdem sehe sie eine Abtreibung in meiner Aura.

Ich sagte ihr, dass ich niemals abgetrieben habe. Sie wollte mir das damals gar nicht glauben, weil sie ganz genau den schwarzen Fleck sah, den sie so interpretierte. Erst Jahre später, als meine Mutter gestorben war und mein Vater mit mir zu Hanns-Joachim Starczewski, einem bekannten Heiler, nach Koblenz fuhr, erfuhr ich, dass ich ein ungewolltes Kind war. Ich hatte dieses Gefühl mein ganzes Leben lang gehabt, hatte aber keine Ahnung, warum.

Ich hätte den Grund auch nie erfahren, wenn mein Vater nicht übergriffigerweise in mein Reading mitgekommen wäre. Als Starczewski das mit dem ungewollten Kind sagte, regte sich mein Vater total auf und meinte, das sei nicht wahr.

Starczewski darauf: „Sie haben das Kind ja sogar abgetrieben."

Ich dachte nur: Wieso sitze ich dann jetzt hier?

Dasselbe sagte mein Vater in dem Moment, aber ein paar Sekunden später wurde er kreidebleich und sagte, er sei mit meiner Mutter fünf Jahre verlobt gewesen und sie sei einmal schwanger gewesen. Er habe damals noch studiert und deshalb hätten sie das Kind abgetrieben. Das Kind wäre ein Junge gewesen.

Für mich war diese Erklärung vollkommen schlüssig, so irre das jetzt auch klingen mag, und für mich fügten sich damit die Puzzleteile, die ich ein Leben lang nicht hatte zuordnen können, perfekt ineinander. Meine allererste Erinnerung an meine Kindheit ist nämlich, dass ich bei uns im Garten unter dem Flieder sitze und weine, weil ich ein Mädchen bin. Denn eigentlich hätte ich ein Junge sein sollen.

Zurück zu dem Kind in meiner ersten Sitzung circa zehn Jahre vor dem Reading in Koblenz:

Das Kind war glücklich, liebte die Natur, die Tiere und Pflanzen und fütterte gerne Spatzen. Auf die Frage nach einem Geschenk erhielt ich die Farbe Rosa, die für Liebe steht.

Bei den weiteren Sitzungen an den folgenden Tagen wurde die Erfahrung immer intensiver und ich wurde auch jeden Tag etwas emotionaler in den Prozess integriert. Oft begannen die Bilder, nachdem Richard mein drittes Auge berührt hatte, und es fühlte sich an, wie eine Explosion in meinem Kopf.

Bei der ersten Rückführung war ich noch eine gefühlsmäßig ziemlich unbeteiligte Beobachterin, bei der ich mich als junge Frau sehe, die von einer Meute von Hunden gejagt wird, weil sie einen heiligen Stein gestohlen hatte, den die Mönche vor der Bevölkerung verschlossen hielten, um Macht über sie zu haben.

Der Stein gibt meinen Leuten Freiheit und Licht.

Ich bin die Einzige, die sich trauen kann, den Stein zu stehlen, weil ich allein bin und keine Familie habe. Die Mönche würden sonst meine Familie für mein Verhalten bestrafen.

Auf die Frage, warum ich den Stein gestohlen habe, antwortete ich, dass ich stärker bin als die anderen in meinem Dorf.

Als ich vor ein Tribunal komme, weil ich sage, dass ich den Stein nicht habe, werde ich zum Tode durch Verbrennen auf dem Scheiterhaufen verurteilt. Es ist niemand zu sehen auf dem Marktplatz, aber alle schauen zu, und ich weiß, dass es meinen Leuten leidtut, was da mit mir passiert, aber keiner hilft mir.

Ich versuche, mir vorzustellen, dass ich woanders bin. Ich fühle mich wie gelähmt. Es ist weniger schlimm, als ich dachte und plötzlich fliege ich in ein weißes Licht. Es ist weder kalt noch warm. Es fühlt sich gut an.

So schlimm sich diese ganze Geschichte auch anhört. Ich konnte sie völlig emotionslos und unbeteiligt erzählen. Das Ganze lief wie ein Film vor meinem inneren Auge ab. Ich hörte die Hundemeute bellen und fühlte ihren heißen Atem. Ich sah die verlogenen Mönche in ihren lila Gewändern mit spitzen hohen Hüten, wie umgekehrte Schultüten, ganz detailliert. Dass ich die Schmerzen des Verbranntwerdens nicht fühlte und nach der Rückführung auch nicht deprimiert war, änderte sich aber mit jeder weiteren Rückführung. Ich begann mehr und mehr zunächst emotional, dann aber auch zunehmend körperlich in den Prozess, hineingezogen zu werden, sodass ich nach einer Woche überhaupt keine Lust mehr auf Rückführungen hatte und sogar Angst davor hatte, was als Nächstes kommen würde.

Ich erzähle diese ganzen Erfahrungen, weil sie mein Weltbild stark verändert haben und vor allem, weil mich die Rückführungen, als ich das jetzt, fast vierzig Jahre später, noch einmal gelesen habe, fast umgehauen haben, speziell die letzte, beschreibt sie doch ziemlich exakt meine jetzige Situation mit Stevie und Amanecer und auch die dazugehörigen Erlebnisse, die ich in Finnland hatte, obwohl ich die finnischen Erlebnisse in einigen Teilen, vor allem, was Kanervas Prüfungen für mich im Zusammenhang mit den Tieren betrifft, als Fiktion empfinde. Und trotzdem sind es Dinge, die tief in mir verankert sind, denn ich habe die Rückführungen erst noch einmal gelesen, nachdem ich die Finnlandgeschichte aufgeschrieben habe.

Ich will diese letzte, für mich sehr berührende Rückführung, deshalb erzählen:

„Ich sehe amerikanische Indianer, die einen Federkopfschmuck tragen. Ich selbst bin ein starker, gutaussehender junger Mann. Ich trage einen kurzen Lederrock und ein schwarzes Band um meinen Kopf, sonst nichts. Ich habe einen Appaloosa-Hengst, den ich sehr liebe, der aber schwierig ist und sich nur von mir reiten lässt. Andere Reiter akzeptiert er nicht. Er bockt dann, geht im Flachrennen durch oder rührt sich nicht von der Stelle.

Ich liebe meine Familie. Ich habe zwei Brüder. Die Familie bedeutet mir sehr viel. Auch der Natur fühle ich mich sehr verbunden. Ich spreche mit den Tieren, den Pflanzen und den Steinen. Ich gehe mit den anderen jungen Stammesbrüdern jagen. Wenn wir ein Tier gefunden haben, zum Beispiel einen Bison oder einen Elch, gehen wir in Verbindung mit ihm. Wir fühlen uns in das Tier ein, werden zum Tier und erbitten dann die Erlaubnis, es töten zu dürfen, und das Tier ergibt sich uns.

Oft sitze ich unter Bäumen und beobachte sie so lange, bis ich zum Baum werde. Ich fühle dann die Äste im Wind, jedes einzelne Blatt. Das ist ein sehr beglückendes Gefühl.

Ich sitze auch gern in der Abendsonne am Wasser und beobachte die Reflexionen der Sonne auf dem See, und ich werde zum Wasser.

Auch die Vögel liebe ich sehr. Ich beobachte sie und habe oft das körperliche Gefühl, mit ihnen zu fliegen.

Da gibt es auch eine Frau, die ich liebe. Sie ist jung und schön, und ich möchte sie gerne heiraten. Aber sie ist schüchtern. Sie hat schlechte Erfahrungen gemacht, und ich muss ihr beweisen, dass sie mir vertrauen kann, dass ich stark bin und für sie sorgen kann. Ich weiß, dass sie mich auch liebt, aber sie ist vorsichtig und zurückhaltend. Sie will keinen Fehler machen.

Im Übrigen muss ich mich, bevor ich die Erlaubnis der Stammesältesten zum Heiraten bekomme, verschiedenen Prüfungen und Ritualen unterwerfen.

Ich werde von unserem Schamanen in den Wald geschickt. Ich soll mit einem Bären kämpfen. Mir ist klar, dass nur einer von uns beiden den Kampf überleben wird. Das Ganze ist eine spirituelle Zeremonie, und der Bessere wird gewinnen.

Ich meditiere unter einem großen Baum, auf einer Lichtung mitten im Wald und fühle mich in die Kraft des Bären ein. Das Gebet meiner Seele ruft den großen Bären auf den Plan. Ich werde immer mehr zum Bären und verbinde mich mit ihm. Ich werde immer stärker und entspannter. Ich spüre, wie die Bärenkraft auf mich übergeht.

Der Bär bringt Stärke, Kraft und persönlichen Schutz. Er hilft, geduldig zu sein, warten zu können und mich auf mich selbst zu besinnen. Wenn man gelernt hat, sich abzugrenzen, nein zu sagen und dem eigenen Herzschlag zu folgen, bekommt man das, was man will.

Ich sitze daher einfach still da und warte geduldig auf den Bären. Ich habe gelernt, was Geduld bedeutet, und ich weiß um die Kraft der Stille und die Kunst, den richtigen

Moment abwarten zu können. Ich habe mich viel mit der Bären-Medizin beschäftigt.

Es hat lange gedauert, aber jetzt ist der Moment gekommen und der Bär steht da. Es ist ein riesiger Grizzly, dunkelbraun, mit beige im Sonnenlicht changierenden Stellen und silbrig grauen Haarspitzen. Er kommt langsam auf allen Vieren durch den dichten Wald auf die Lichtung zugelaufen.

Er weiß, dass ich hier bin, er hat bereits Witterung aufgenommen. Er bleibt stehen und beobachtet mich. Dann plötzlich erhebt er sich, und einen Moment lang erschrecke ich. Der Bär ist riesig, bestimmt 2,50 m groß und er ist jung und kräftig. Er läuft ein paar Meter auf zwei Beinen in meine Richtung, um mich besser sehen zu können. Wir erkennen uns beide sofort. Da ist Verständnis in seinen Augen. Er verharrt einen Augenblick auf zwei Beinen und fixiert mich. Dann stößt er ein lautes Röhren aus, lässt sich auf die die Vorderbeine fallen und rast im Passgang blitzschnell auf mich zu. Wir kämpfen. Seine Pranke trifft mich an der Schulter und ich spüre einen brennenden Schmerz. Ich treffe ihn an der Brust. Er faucht und röhrt. Ich versuche, ihm auszuweichen, aber er ist schnell.

Es ist nicht wichtig, wer gewinnt. Er hat eine große Seele und viel Mut. Ich treffe ihn nochmal am Hals, er reißt die Augen auf und erhebt sich. Seine Tatze verfehlt mich um Haaresbreite und er lässt sich nach vorne fallen. Ich schaffe es, zur Seite zu springen und mein Messer in Position zu bringen, aber er steht nicht mehr auf. Ich bleibe wie erstarrt stehen und beobachte genau, was passiert. Er atmet noch und gibt fauchende Geräusche von sich.

Dann höre ich nichts mehr. Er rührt sich nicht mehr. Mein Herz schlägt wie wild und ich höre meinen keuchenden Atem.

Ich kann es gar nicht fassen, aber ich habe den Bären besiegt. Er liegt tot auf der Erde. Ich weiß nicht, was ich gemacht habe. Ich hatte nur mein Messer und meine Hände.

Als ich zurück zu meinem Stamm komme, gibt es ein großes Fest. Meine Stammesbrüder bemalen mein Gesicht und meine Schultern und Arme mit dem Blut des Bären und setzen den ausgestopften Bärenkopf mit dem Fell auf meinen Kopf. Sie johlen und tanzen und feiern mich. Die Tänze um das Feuer dauern die ganze Nacht. Dann bringen sie mir mein Mädchen, und wir ziehen uns zurück. Wir lieben uns. Ich bin sehr stark. Ich habe immer noch die Kraft des Bären.

Wir sind sehr glücklich miteinander. Wir verstehen uns ohne viele Worte. Wir sind uns sehr ähnlich. Ich liebe sie von ganzem Herzen. Sie ist die perfekte Frau für mich. Wir bringen uns gegenseitig Dinge bei. Sie zeigt mir, was sie im Haushalt verrichtet, ich bringe ihr schwimmen, fischen und jagen bei. Wir sind das glücklichste Paar unter der Sonne.

Wir haben Spaß in der Natur, im Wald, am See und mit den Pferden. Wir lieben beide das einfache Leben in freier Natur, und wir sind beide jedes Mal traurig, wenn wir uns trennen müssen.

Das passiert leider immer wieder, wenn ich auf Jagd gehe, besonders in den Wintermonaten. Aber, wenn ich zurück bin, sind wir beide überglücklich.

Meine Frau hilft mir sehr viel mit den Pferden. Sie versteht sich auch mit Amarok, meinem Pferd. Amarok lässt sich von ihr striegeln und führen. Sie liebt es auch, ihn zu füttern, und oft sehe ich sie abends mit ihm in seinem Corral stehen und mit ihm reden.

Inzwischen hat sie auch richtig gut fischen gelernt. Beim Fischen geht es, wie beim Reiten und Jagen, um Beziehung. Man muss still werden und warten können. Dann muss man sich auf die Fische einlassen und, wenn man leer ist, und selbst zum Fisch wird, kommen sie. Sie hat das inzwischen gelernt. Sie ist eine gute Schülerin, sehr einfühlsam und sie liebt unser einfaches Leben.

In der Leere liegt die Fülle. In der Einfachheit zeigt sich die Perfektion der Schöpfung.

Wer in der Beziehung gibt, wird alles erhalten.

So ist es auch im Tod. Wer sich ganz bewusst hingibt, wird in allem, was existiert, weiterleben. Und so wird auch mein Übergang ins Nirwana sein: Ich sage den Stammesältesten, dass sie mich von unseren Zelten wegtragen sollen zu der Plattform, die in der Savanne auf vier hohen Pfählen aufgebaut ist. Ich hatte ein gutes Leben und habe alles erlebt. Meine Frau, Chiuvana, war mein größtes Geschenk. Chiuvana, was auf Deutsch „aufgehende Sonne" bedeutet. Ja und das war sie, meine Sonne. Sie ist mir einige Jahre vorausgeeilt, aber jetzt werde ich mich wieder mit ihr vereinigen. Die Männer schlagen die Trommel und rauchen heilige Kräuter.

Ich schaue, solange ich kann, in die Sonne und beobachte den Sonnenuntergang. Der Sonnenuntergang ist der Sinnenuntergang denke ich noch, als ich merke, wie sich Geist und Körper trennen. Ich werde ganz leicht und fliege in die untergehende Sonne und umarme alle Strahlen. Auf diese Weise vereint sich mein kleiner Geist mit dem Großen Geist, mit meiner Chiuvana, die dort auf mich wartet, und mein Wesen wird aufgenommen in das große Ganze und zurückgeworfen auf alles, was ist, und ich bin an allen Orten gleichzeitig. Es stellt sich ein großartiges Gefühl von Ganzheit, Verbundenheit und überirdischer Freude bei mir ein. Ich bin ganz und omnipräsent. Es ist ein Gefühl, das ich nur kurz nach meiner Geburt, die ich in einem kurzen Flash wiedererlebe, hatte. Ein Gefühl der Lebendigkeit, der Leichtigkeit und des allergrößten Glücks.

Ich kann nicht mehr weiterreden. Ich erlebe einen Moment der Ekstase, der so viel größer ist als ich.

Richard fragt nach einer Botschaft des Höheren Selbst.

„Ich bin ein Teil von allem, was existiert, und die Sonne verankert diesen Erfolg in meinem Körper", sage ich.

Er fragt noch, wo in meinem Körper sich dieser Erfolg manifestiert.

„Die Sonnenstrahlen treten oberhalb des Solarplexus in meinen Körper ein und breiten sich von dort im ganzen Körper aus."

Nach dieser Rückführung war ich tagelang komplett high. Ich hatte keine Lust, aufzustehen, und Richard erlaubte mir, einfach noch liegen zu bleiben und den Moment zu genießen. Er meinte, meine Aura fülle das ganze Zimmer in den schillerndsten Farben. Er könne das sehen und fühlen und freue sich sehr für mich. Er habe gewusst, dass ich kurz vor einem Durchbruch stand und durch die Reinkarnationsarbeit einige Blockaden gelöst habe.

Ich hatte nämlich diese letzte Sitzung gar nicht mehr machen wollen, weil die vorherigen so schwer waren, und ich mehr und mehr in „meinem Film" war und das Ganze nicht mehr nur unbeteiligt sah, sondern auch fühlte, was ich da in der Vision erlebte. Ich war damals noch ganz am Anfang meiner spirituellen Erfahrungen und fand es unmöglich, so viel Geld zu bezahlen, um mich solchen strapaziösen Sitzungen auszusetzen und dann auch noch unglücklich zu sein oder Angst zu haben.

Aber Richard hatte mich bearbeitet, bis ich schließlich nachgab und zustimmte, noch eine einzige, letzte Rückführung zu machen, und jetzt war ich ihm wirklich dankbar, dass er so hartnäckig gewesen war.

Das Gefühl, einen großen Schritt vorwärts gemacht zu haben und dem kosmischen Bewusstsein ganz nahe gekommen zu sein, hielt noch viele Wochen nach meiner Rückreise nach Deutschland an. Es war so extrem, dass mich fremde Menschen auf der Straße ansprachen.

Vor meinem Abflug verbrachte ich noch eine Nacht im Airporthotel von Albuquerque und da ich am nächsten Morgen noch ein paar Stunden Zeit hatte, legte ich mich an den Pool. Gegen Mittag beobachtete ich auf der Dachterrasse eine Gruppe dunkelblau gekleideter Männer, ich nahm an, ein Management-Seminar oder Ähnliches.

Irgendwie fühlte ich mich beobachtet, obwohl die Terrasse im zwölften Stock war, und wenig später sprach mich einer dieser Herren auf meinem Liegestuhl an und fragte, woher ich käme und was ich in New Mexico mache. Er entschuldigte sich, dass er mich einfach so anspräche, aber er habe mich von oben gesehen und er habe mich einfach kennenlernen wollen. Ich hätte so ein Leuchten um mich. Er habe so etwas noch nie gesehen. Er würde mich gerne zum Abendessen einladen.

Ich lächelte und erzählte ihm von dem Programm bei Chris Griscom in Galisteo und dass ich nur noch eine knappe Stunde hier am Pool sei und dann zum Flughafen müsse, da mein Flug nach Frankfurt gegen 19h ginge. Er wollte mich unbedingt zum Flughafen fahren, obwohl ich ja wegen des Shuttles extra ein Flughafenhotel gebucht hatte, und ganz gegen meine üblichen Gewohnheiten, denen zu Folge ich nie im Leben eine derartige Einladung angenommen hätte, ließ ich mich von ihm zum International Albuquerque Sunport fahren.

Wir unterhielten uns sehr nett und tranken noch einen Kaffee zusammen. Ich erzählte ihm, dass ich gestern Abend ganz allein in einem sehr schönen Restaurant in Albuquerque zu Abend gegessen habe. Es hieß Maria Teresa und war eine 1840 erbaute Hacienda im mexikanischen Stil mit vorzüglicher Küche. Man saß in lauter kleinen Zimmern, wie bei Oma, in denen jeweils nur drei bis vier Tische waren, was ein sehr familiäres, intimes Feeling aufkommen ließ. Mir hatte das Lokal ein Amerikaner, der in meinem Seminar gewesen war, empfohlen und, falls er Lust habe, sagte ich zu meiner

Begleitung, könne er ja heute Abend dort essen gehen. Ich sei im gelben Salon gewesen, und irgendwie wäre das doch dann fast so, als ob wir zusammen dort wären. Ich würde jedenfalls im Flugzeug an ihn denken.

Wir mochten uns auf Anhieb und trotzdem haben wir weder nach der Adresse noch nach dem Namen des anderen gefragt. Wir haben uns nur ungefähr eine Stunde lang miteinander unterhalten, und ich erinnere mich heute, nach fünfunddreißig Jahren, noch an jedes Wort.

Jetzt, so viele Jahre später, bin ich sprachlos, wenn ich diese Rückführung noch einmal lese, meine ich doch, meine jetzige Situation darin wiederzuerkennen: mein Pferd, meinen Freund, die Aufgaben der Schamanin und die damit verbundenen Erkenntnisse.

Amanecer kann auch richtig doll bocken, die Beine in den Boden rammen und einen auf stur machen, und Stevie hat viele Ähnlichkeiten mit meiner indianischen Frau. Auch er liebt die Stille, die Natur und sein häusliches Umfeld. Auch er ist extrem vorsichtig mit neuen und ungewohnten Situationen.

Und dann sind da auch noch die Erkenntnisse über erfolgreiches Fischen. Habe ich nicht genau das vor Kurzem in Finnland erlebt? Und die Begegnung mit dem Bären? Nun gut, ich habe den Bären in Finnland nicht getötet, ich hatte ja auch kein Messer. Aber *luonto antaa, luonto ottaa* — die Natur gibt, die Natur nimmt ist das nicht genau das, was in dem Indianerleben passiert ist?

Ganz egal, was richtig ist oder nicht und, ob ich mir nur etwas einrede oder träume, es spielt im Grunde genommen keine Rolle.

Wichtig ist doch nur, dass ich die schwierige Zeit, in der ich weder mit meinem Pferd noch mit meinem Freund klargekommen bin, durch meine Erlebnisse in Finnland und die

Rückerinnerung an New Mexico und das Sense of Success Programm beenden konnte, dass ich die Frequenz der Ekstase, die ich vor vielen Jahren schon einmal erlebt habe, wiedergefunden habe und heute so unbeschreiblich glücklich und zufrieden mit meinem Leben und mir selbst bin, wie ich mir das nie hätte vorstellen können.

Das genau, so glaube ich, ist unsere Aufgabe auf der irdischen Spielwiese: Wir sollten jeden einzelnen Tag genießen, dankbar sein für die Erfahrungen, die wir machen dürfen, daraus lernen und immer ein kleines Stückchen höher steigen, bis wir die kosmische Vereinigung erfahren und das Gefühl bekommen, nicht nur dazuzugehören, sondern mittendrin zu sein in diesem abenteuerlichen Spiel, das wir Leben nennen oder zumindest den Überblick über unser eigenes Leben erhalten und verstehen, warum alles so passiert ist, wie es eben passiert ist.

Und da fällt mir die Karte ein, die Stevie in jener ereignisreichen Mittsommernacht in Finnland gezogen hat: Die Karte *Das Universum* ist die letzte der Großen Arkana. Mit ihr schließt sich der Kreis, der mit dem Narr begann. In der Vollendung kehrt man zurück zur Unschuld des Narren.

„Werdet wie die Kinder", steht in der Bibel.

Der Tropfen verschwindet im Ozean, was Neubeginn auf einer höheren Ebene bedeutet. Die Begrenzungen des kleinen Ichs können sich auflösen in der ekstatischen Vereinigung mit allem, was ist. Das genau ist das Todeserlebnis, das ich in der letzten Rückführung als alter Indianer gehabt habe.

Wenn wir im Einklang mit dem Universum leben, beenden wir die karmischen Verstrickungen. Alle Kämpfe sind beendet und wir brauchen keine weiteren Prüfungen.

Alle Masken fallen und wir kehren zurück zur ursprünglichen Natürlichkeit und sehen und akzeptieren die Dinge so, wie sie sind, weil wir wissen, dass alles, was geschieht, nur zu unserem Besten ist, ein weiteres aufregendes Spiel im irdischen Kindergarten, das uns jedes Mal eine Stufe höher trägt.

Und dann sind wir endlich vollkommen frei und lernen zu fliegen.

DIE AUTORIN

Elke Wedig wurde 1955 in Stuttgart geboren und studierte Romanistik und Germanistik an der Uni Stuttgart, der Sorbonne und der Universitá degli Studi di Torino. Danach, ging sie, um endlich einen „vernünftigen“ Beruf“ zu bekommen, an die European Business School ins Rheingau und studierte Betriebswirtschaftslehre.

Mit dreißig Jahren machte sie sich als Immobilienmaklerin und Hausverwalterin selbstständig und absolvierte berufsbegleitend eine dreijährige Heilpraktikerausbildung, die ihr Interesse an alternativen Heilmethoden und Schamanismus weckte. Damals lernte sie das finnische Tieftrancemedium Aulikki Plaami kennen und tourte während über dreißig Jahren als Übersetzerin mit ihr durch Europa und die USA.

Pferde haben sie seit ihrem dreizehnten Lebensjahr begleitet und spielen bis heute eine zentrale Rolle in ihrem Leben. Ihre zweite große Leidenschaft ist nach wie vor das Reisen.

Mit Ende vierzig erfüllte sie sich nach zwanzig Jahren Turnierreiten mit dem Aufbau des Barockreitzentrums in Heimsheim ihren Traum eines eigenen Reitstalls mit Seminar- und Schulpferdebetrieb, wobei es ihr immer ein großes Anliegen war, ihre Reitschüler für die Weisheit und Feinheit der Pferde zu sensibilisieren.

Heute genießt sie es, endlich wieder Zeit zum Reisen und für kreative Dinge zu haben.

Durch ihr erstes Buch „Über Pferde und Menschen", das im Januar 2024 erschienen ist, entdeckte sie ihr Talent und die Freude am Schreiben, was ihr ermöglicht, einiges ihrer Erfahrungen weiterzugeben.

www.spiritbooks.de

Bücher, die authentisch sind
und Spirit haben.

*Die Bücher des Verlags erhalten Sie in allen Buchhandlungen
und bei zahlreichen Online-Anbietern wie amazon.de. Sie können
die Bücher auch beim Verlag direkt bestellen: **www.spiritbooks.de***

*Wenn Sie direkt beim Verlag bestellen,
unterstützen Sie den Verlag und die Autoren.*

Die Vision des Verlags

Vertrauen in das Gespür von Leserinnen und Lesern

Bedingungslos authentische Bücher

Autorinnen und Autoren als Persönlichkeiten,
die etwas Unverwechselbares zu erzählen haben.

Zeitfracht Medien GmbH
Ferdinand-Jühlke-Straße 7
99095 Erfurt, Deutschland
produktsicherheit@kolibri360.de